私という謎
寺山修司エッセイ選

terayama shūji
寺山修司

講談社 文芸文庫

目次

I　私という謎

II　旅役者の記録

私という謎

寺山修司エッセイ選

I　私という謎

黙示録のスペイン——ロルカ

ガルシア・ロルカは二度死んだ詩人であった。

一度目は、彼自身の詩の中で死に、二度目は、スペインの内乱で、フランコ軍に処刑されて死んだ。彼の死んだ一九三六年に生まれた私は、いつからか彼の創り出した死の世界にひきこまれ、彼が開けておいたバルコニーから、夜ごとせせらぎのきこえるグラナダの町へと誘いこまれて行くのであった。

ぼくが死んでも
バルコニーは開けておいてくれ

と、ロルカは書いていた。

彼は「子供がオレンジを食べる」のを、死んでも「バルコニーにいて」眺めていたかったのだ。生と死とのあいだには、バルコニーのドア位の仕切りしか存在していない、というのがロルカの死生観であり、しかも信じられないことに、ロルカは「生と死とは対立関係ではなく、場所が違っているだけのこと」だと、考えていたのであった。だから、死神が居酒屋を出たり入ったりしていたり、死んだ女の子が水の上を流れていきながら、歌っていたりするのが彼の故郷の情景となっていた。

人びとは家にこもって
星から身を守る
夜が崩れ落ちる
中には真赤な薔薇を
髪に隠して
死んでいる女の子

ル・クレジオと二人で、スペイン旅行をした、ある月夜に、私たちは支那の泣き女の話をしていた。死を集める商売というのは、贅沢なもんだね、とクレジオは言った。私は、子供の頃に見た夢の話をした。それは、自分の死を売ってしまったため、もう死ぬことができなくなってしまって、町をさまよっている夢であった。黒い馬や不吉な男たちの通るグラナダの町では、死は季節のように「やって来て去り——はたまた立ち去りやってくる」のだが、それを政治化してとらえてみたところで、本質にふれる訳ではないのだった。

山口昌男は、ロルカの死を「スペインのバロック的世界が死を基底に据えて生の最も選ばれた瞬間の高揚と飛翔性の顕現を目ざすもの」の、正統な継承である、と書いていたが、グラナダの月夜に、酒場にぼんやり坐っていたりすると、生の高揚のために死が基底にあるというのではなく、死と生とが同じ高みにあって、ときどき風向きの具合によって、すべての人が死んでいたり、すべての人が生き返ったりするのが、よくわかるのだった。

お月さまが死んでる、死んでいる

だけど

春にはよみがえる

私は、ル・クレジオに、「生が終ってから死が始まるのではないと思うよ」と言った。「死は、生きてるものの作り出した虚構にすぎないのだから、生が終れば死も終ってしまうのだと思う」と。

だが、それでは死は生に従属してしまうことになり、生きている者によって操作されることになってしまうことになるのではないだろうか、とル・クレジオは言った。

たしかに、「死は一日のうちにも、やって来て去り――やってくる」のだということが、スペインにいるとよくわかった。それはフランコ圧政への暗喩などではなく、もっとなまなましい土の記憶のようなものなのであった。

私は、ロルカの文学の中で、いきいきと死んでいる人物たちにふれるたびに、あのグラナダの路上を、いつも影のように通りすぎて行った黒い馬やギターひき、不吉な男たちのことを思い出さない訳にはいかなかった。

『血の婚礼』という戯曲の中では幸福な結婚式をあげたばかりの花嫁が、死神にさそわれて、月夜の森で密通してしまうことになっている。花婿は、死神と格闘して死に、花嫁だけが一人、取りのこされる。取りのこされた花嫁は、日常的現実原則の中で死んでおり、死んでいった花婿は、「燈心草のざわめきと、囁く歌の中」で生きている。

もしかしたら、二人は外見的には、ごくふつうに外見的には、一緒に暮しているように見えるかも知れないのだ。

私は、ロルカの詩の中のスペインと、観光旅行案内地図の中のスペインとのあいだにいて、この世には生と死があるのではなく、死ともう一つの死があるのだということを考えない訳にはいかなかった。死は、もしかしたら、一切の言語化の中にひそんでいるのかも知れないのだと私は思った。なぜなら、口に出して語られない限り、「そのものは、死んでいない」ことになるのだからである。

父親の不在——ボルヘス

家の入り口に一人の老人がうずくまって、もう何十年も前に起こった事件として語っていることが、その瞬間に、家の奥で実際に起こっている。

というのが、ボルヘスの『入口の男』のあらすじである。

水が石を磨き、幾世代もの人間が格言を磨くように、長の年月に磨かれてすりへってしまった老人の時間と、まるで短距離ランナーのように駆けぬけてゆく「わたし」の時間、その二つが円環的にむすびついたところに、ボルヘスは位置している。

ボルヘスにとって、「世界は、記憶の円環にすぎない」のであり、それゆえに「ありとある新奇なものは、忘却されていたものにすぎなかった」（ベーコン）ということになるのだ。

この、ブエノスアイレス生まれの老前衛作家ボルヘスは、一八九九年八月二十四日に生まれ、七歳で『ギリシャ神話提要』を書き、二十三歳で、詩集『ブエノスアイレスの熱狂』を公刊した。

しかし、ボルヘスが今世紀でもっとも重要な作家の一人として評価をうけるようになったのは、五十歳を過ぎてからのことである。ボルヘスは、直径三センチメートルの、小さな球体に、宇宙の総体がうつし出されるという「アレフ」を発見し、同時に世界という名のスフィンクスを、やすやすと解読した。

ボルヘスの小説を読んでいて気づくことは、わたしたちの生の円環構造と、その内密の無限性といったことである。

わたしたちは、「不死」であることによって、迷路をさまようべき運命を与えられている。たとえば『二人の王と二つの迷宮』という短編のなかで、ボルヘスは次のようなエピソードを紹介している。

あるとき、バビロニアの王が建築家や魔術師を召集して、「賢い男ならば決して中に入ろうとは思わないほど錯綜した」迷宮をつくらせた。

そして、そこへ客人のアラビアの王を誘い入れた。アラビアの王は、狼狽し、屈辱をおぼえながら、神の力をかりてようやく脱けだした。そして、自国へ帰国するや、軍隊を総動員してバビロニアを攻め落とし、バビロニアの王を捕えさせた。

それから、バビロニアの王に向かって、「わたしの迷宮へ案内しよう」と言い、足の早い駱駝の背にしばりつけた王を砂漠に突き放した。「登るべき階段も、押しあけねばならぬ扉も、果てしなくつづく廻廊も、行く手をはばむ壁もない」砂漠という名の迷宮こそは、全知全能の神のつくった迷宮である。「ギリシャ人にとって、迷路とは、直線のことなのです」と語るボルヘスの、あざやかな復讐譚であった。

ボルヘスには、いくつかの象徴的なイメージ（たとえば「鏡」「虎」「図書館」など）があるが、なかでも私にとって興味深いのは「父親」にかかわるものである。

父親は、世界をうつし出すことによって増殖させる鏡と同義であり、「宇宙を繁殖させ、拡散させる」ゆえに、不死なのである。

ボルヘスの秘書であり、私の友人でもあるユーゴ・サンチャゴがつくった映画『Les Autres』（ボルヘスのシナリオによる）では、主人公である一人の父親が、蒸発した息子をさがしまわっている。

父子は、セーヌ河岸で、小さな書店を営んでいたのだが、（まるで、その本棚の一冊が消えるように）息子がいなくなってしまったのである。息子は、たぶん「図書館のすべての男と同じ様に、旅に出かけた」のだ、と父親は了解している。

だが、父子で営む書店が、宇宙の総体であると考える父親にとって、旅に出かけた息子は、忘却されていた存在となる。天文台、虎の仮面をつけた女、得体の知れぬ魔術師らの入りみだれる、シュールレアリステックな映像は、父親と息子を、迷宮に誘いこみ、同一人格化してゆく。

ほとんどストーリーらしいものを持たないこの映画のなかで、父親はどのドアをあけても、どこまで遠出しても、自分の営む書店から一歩も外へ出ていないことに気づく。そして、息子の知人たちから、息子が一本の映画を撮ろうとしていた事実を知らされるのである。

息子（マチウ）の友人は語る。

「彼の撮ろうとしていた映画の主題ですか？　それは、〈死〉でした」と。

すでに八十歳を越えた老ボルヘスは、盲目にして、不死の人である。

だが、網膜は所詮、事物の表層部を見るだけだから、盲目になってより奥深い洞察眼をもったと言えるかも知れない。老いて盲いた一人の父親ボルヘス――それは、もしかしたら、オイデプスの生き残りだったように思われる。

父を殺して母と寝た男オイデプスは、自らの目を突いて盲目になった。そして、アンチ・オイデプスの時代にあってなお、父の座にうずくまり、「何十年も前に起こった事件」

として、入り口で、現代を予言しつづけている。二十世紀は、一人の父親の不在によって充たされた〈負〉の調和にささえられている。

そして、人々は「不在の父をさがしつづけ」て、不毛の殺しあいをくりかえしている。父親の不滅を語りつつ、ついに自らは父親となり得なかった一人の盲目の老人、ホルヘ・ルイス・ボルヘスを、ただの伝奇的な語り部として読みすごすことは、いい読者ではないだろう。

私たちは、「入口の男」の語るアンチゴーヌの悲劇を、そのまま、家の奥で演じている最中だということを、知るべきだ。

鏡——ダリ

蠅は咬みつくとき皮膚だけではなく、内部まで傷つける。ときには、シワの中にまで忍びこんだりもする。

ダリ『蠅礼讃』

私は子供の頃から鏡がきらいだった。

鏡にうつることは、なぜか「水死する」というイメージを伴っていたからである。だから、コクトーの『オルフェ』の中で、ジャン・マレエの演じるオルフェが鏡の中に入ってゆく場面を見たとき、「ああ、水死するのだな」と思った。

そして、案の定、オルフェは死のもつ内密さの無限性の中に吸いこまれていき、彼の死を生きることになったのである。

鏡の引力（というものがあるかどうか私は知らないが）に引きつけられると、人はたちまち、自らの二重性を暴露される。平素はぴったりと鏡の裏にはりついている自分の死顔が、鏡の磁力によって透視されて外在化するからである。

そこで人は、それを奪還し、自分の顔の裏側に回収すべく、鏡の中へ入ってゆく。ル・クレジオは「鏡には敵対的な知性の支配がある」と言ったが、まったく鏡の悪意というやつは底知れぬものだ。

人は、鏡の中へ自分の死顔を取りもどしに入ってゆき、いつのまにかその洞窟の闇に封じこめられてしまう。それは、鏡の外の人々から見ると「水死」なのだが、吸いこまれていった当人にとっては、結構な「夢見る旅」にほかならないのであった。


ダリについて書こうとすると最初に思いうかぶのは、私が中学生の夏休みのあるむし暑い夜に見た夢のことである。

それは、じっと鏡を見ている私の目から蟻がぞろぞろと這いだしてくる、という夢であった。私は怖ろしくなって、じぶんの顔に手をやってみたが、顔には蟻が一匹もいない。蟻は、「鏡の中の私の顔」——すなわち私のうつし身だけを犯す、夢魔だったのである。

その後、ダリがブニュエルと一緒に作った「自動記述的な」映画『アンダルシアの犬』のなかで、手から這い出してくる蟻のイメージに出会い、びっくりしてしまった。ブニュエルのノートによると、このシークエンスは、ダリの見た夢が原因になっているということである。それはシナリオでは、次のようになっていた。

女が近づいて、男の右手のなかにあるものを眺める。

手のクローズアップ。

中央に黒い穴のなかからでてきた蟻の群れがうようよしている。

蟻は一匹も落ちようとしない。


ここで私は、手の中央の黒い穴によって通底している表皮と内核といったものについて考えぬわけにはいかなくなった。それは、地球とは、ただの表面のことであって、その内部は空っぽだと主張するレイモンド・バーナードの「地球空洞説」と対をなすものである。ダリの世界は事物の表面への猜疑にあふれている。

彼の好奇心は、ひたすら表皮をめくる、ということから始まるのである。たとえば、《海の皮膚を引きあげる〈ラクレスが恋をめざめさせようとするヴィーナスにもう少し待って欲しいと望む》という作品を見ると、海水をまるで一枚のビニールか何かのようにめくっている一組の男女がいる。

男と女は全裸だが、なぜか顔がない（それは、ダリによって顔の表面を引き剝がされたあとか、あるいは顔という「表皮だけの実存」への関心をことさらに避けようとしたのか、私にもよくわからない）。

　ともかく、海の皮膚をめくっているのは男であり、女はその皮膚の裏側で眠っていた一人の少年をめざめさせようとしているのである。女が、眠っている少年をめざめさせようとしたので、男があわてて「海の皮膚をめくった」のか、それとも、男が海の皮膚をめくったので、皮膚と肉との間に生じた空隙があきらかになり、そこに一人の少年が眠っていることに女が気づいたのかがこの絵の一つの謎である。

　ダリは、その顔のない男をヘラクレスと名づけ、顔のない女をヴィーナスと名づけている。そして眠っている少年は恋である。なぜ、「恋」が少女ではなく少年なのかは、その語源にまでさかのぼらなければわからない（フランス語でL'Amourは、男性名詞となっているが、詩の中では往々にして女性名詞の扱いをうけていて、その性別は、用いる人間によって変えられている）。

　さて、私はここでヘラクレスとヴィーナスの恋の駆け引きに興味がある訳ではないので、なぜ「もう少し待って欲しいと望んで」いるのか論及しようとは思わないが、引きあげられた「海の皮膚」には強く魅きつけられる。

　ダリは他にも、「海の皮膚をもちあげる」絵を描いている。たとえば、《水の陰に眠る犬を見るため、非常に注意深く海の皮膚を持ちあげる少女である私》では、十歳ぐらいの全裸の少女が、（やはり、透明色のカーペットでもめくるように）海水をめくっている。そして、その下には一匹の不死の犬が心地よさそうに眠っているのである。

おそらく、ダリにとって水面は、鏡面のようにその裏側への関心を誘うものであるのだろう。それを、めくってみたいと思う動機は、ほとんど鏡の裏側を引き剝がしてのぞいてみたい、という衝動と変わるものではないかも知れない。

そして、ダリは他の人々が「鏡を引き剝がし」てその裏側を覗きこむように、水の表面、すなわち「海の皮膚」についても、同じことをくりかえしているのである。

ひとことで言ってしまえば、ダリの美術をつらぬいているのは、「表面への懐疑」ということである。

それは、口髭によってかざられたゾル質の彼の顔（すなわち彼の表面）が、ただの一枚の皮膚にほかならない、ということに通じている。シュルレアリストのロートレアモン伯が、

「見るためには、両瞼を剃刀の刃で引き裂かなければならない」と言ったように、ダリもまた、網膜的な現実を引き剝がして、その内実を見、描こうとする。「鏡が敵対的な知性」であるのは、単に事物の表皮しかうつさない、という鏡の本質とふかくかかわっていると言うこともできるだろう。

ダリは、「表皮を引き剝がして」からでないと、「見る」という行為ははじまらないのだ、と主張する。バルセロナのホテルの広間で、ダリに逢ったとき女の顔ということにつ

いて話が及び、ダリは、

「どっちにしても、顔はただのピクチュアにすぎない」と言った。「とくに日本人の女の顔ってのは、印刷されたピクチュアだ」

その、「印刷された」というニュアンスは、画一的という意味から、複製された、あるいは表情の停止したという意味にまでおよんでいる。私は、どうやら彼が「日本人の顔は、どれも同じに見える」ということを言いたいのだな、と了解した。私はふと彼の《メー・ウェストの肖像》という一枚絵のことを思い出した。

それはまさしく、表面（皮膚）を引き剝がされて内実をあからさまにした一人の女優のポートレートである。

たとえば、彼女の二つの目は額縁の絵画である。それは「見るための窓」としてではなく、ただ、見られるための風景画としてだけについている「お飾り」ということになっている。顔は西洋将棋盤の上に載っているが、これも、ハリウッドの映画産業の資本の論理をチェスに見たててしまったダリの皮肉ととれぬこともない。鼻はそのまま暖炉になっていて、その上に置時計がのっている。

鼻筋を煙突に見たてて、その鼻息の荒さをちょっとからかってみたのであろう。顔全体が表徴する部屋のあかるさは、さながら午前十時といった印象を考える。この絵が描かれた一九三四年頃、《アパートメントとして使用できるメー・ウェストの顔》は、まだ陽光にあふれていた。だが、大女優メー・ウェストの顔も「表皮一枚めくれば」ただ鑑賞用の応接間にすぎない、ということが、ダリによって観察されていたのである。その同じ顔が、ダリによって一九七四年（つまり前作から四十年後）に立体作品として作り直される。

折しも、メー・ウェストがハリウッドに復活し、人気が再燃した頃である。ダリはホアン・トゥスケトと合作して、もう一度、その老女優の「顔の表皮をめくる」。すると、そこには四十年前のような朝の陽光は、すでに消え、暮れ方の部屋のような翳りが全体を覆っている。「アパートメントとして使用できる」という点では前作と変わらないが、そのさむざむとした内部に足を踏み入れることは誰でもためらってしまうのであった。

ダリの美的世界を一口で言うならば、「内部によって、表面が犯されつづける」ということではないだろうか？

手の内部の暗黒から限りなく這い出してくる蟻によって犯される手の表面——『アンダルシアの犬』のイメージは、ダリの半生につきまといつづけた悪夢である。何一つとして信頼できる表面などはない。

ダリは書く。

私には日頃から、新聞をあべこべに見る習慣がある。記事を読むかわりに眺め、そして鑑賞するのだ。

シャツの表面にコーヒーをこぼす。私のような天才ではない連中、すなわち他の人びとの最初の反応は、みずからそれを拭いとることだ。しかし、私の場合はそれとまったく逆である。

幼少の頃から、私にはすでに下女や両親が現場をおさえることのできない瞬間をねらって、砂糖でベタベタしたミルク入りのコーヒーの飲みのこしを自分の肌の表面とシャツのあいだにべたべたと塗りこんだ。

六時に目覚め、私の最初にした動作は、舌の先で唇のひびわれをたしかめてみることだった。

『天才の日記』には、こうした記述が限りなく見いだされる。夜半、自らの夢によって傷つけられた唇のひびわれを、目覚めて舌の先でたしかめてみる行為を、ダリは愉しむ。それは、まさに内部によって犯された表面を舐めまわす味覚の快楽主義者ダリの後戯のようなものだと言えるだろう。

ダリは、バルセロナのホテルでエレベーターまで私を送ってくれたとき、日本産のテレビが故障しているのだが、いい修理人を紹介してくれないかと言った。私がおどろいて「テレビなんか観るんですか?」と訊くと、ダリは、

「あんなすばらしい表面はないよ」

と言って笑った。私は、ダリの白昼夢によって犯されたテレビの画像をのぞいてみたい、と思った。ダリの内部によって犯されたテレビ番組、たとえば「奥さま、8時半です」は、どんな風に変容しているのかな?

「私は自分の内部に自分を聴きつづけるかわりに、外部に自分自身を聴きはじめるようになるだろう。その総称を以て私は作品と名づけたい」

（一九五三年・ダリ）

聖鼠のエントロピー――トマス・ピンチョン

ブロードウェイと三十四丁目の交差したところにあるメーシー（アメリカの代表的なデパート）が、一匹五十セントでワニの子を売り出した。

そのため、ニューヨーク中の子供たちが、ワニの子を一匹ずつペットとして買い、一躍ワニの赤ちゃんブームとなった。

しかし、まもなく子供たちはそれに飽きてきて、始末に負えなくなり、「大抵は、トイレの水で流してしまった」のである。

トイレで流されたワニの子は成長して、繁殖し、鼠を喰らい、汚物を平らげ、市の全下水道にわたって、はいずりまわることになった。

地下水道は暗いので、ワニは大抵、盲目である。陽にあたらないので、シラコだったり、白と海草のような黒だの、ぶちだったりする。

ニューヨークの地下全域には、何万匹いるのか見当もつかないが、なかの何割かは人喰いワニと化している、と報告される。

トマス・ピンチョンの『V』の中に描かれるこのワニは、一体何の喩《たとえ》なのだろうか、と読者は考えこむ。

彼らは、大資本の商業主義の犠牲のようでもあり、ヴェトコン・ゲリラの幻影のようでもあり、アングラと称される抵抗文化の活動家たちのようでもある。そしてまた、バワリー界隈の浮浪者たちをも連想させるのだ。

だが、ピンチョンはそうした単純な寓意によって、ワニを描いているわけではない。彼にとって繁殖しつづけるワニは、現代の狂気の外在化だが、それを「狩り」に志願する人々のほうが、もっとグロテスクなものとして把《とら》えられる。

ニューヨークの市当局が募集した「鉄砲をもってワニを退治にゆくボランティア」に応募したダメ男プロフェインは、(他の応募者がほとんどいなかったため)孤立無援の戦いに挑むことになる。

プロフェインは、『V』の中の重要な主人公の一人であるが、しかしあらゆるもの、と仲良くなれない。

たとえば、彼の生活はこんなふうなのである。

「家庭荘というダウンタウンの安宿のベッドにありつき、アップタウンのスタンドで新聞を買って、その夜遅く街灯の下で求人広告欄に目を通した。
彼を特に必要とする雇主がないのは、いつもの通りだった」

プロフェインは、太ってブヨブヨした感じのアメーバのような男で、髪はでこぼこのトラ刈、豚のような小さな眼は、間が離れすぎている。彼は道路工事夫なのだが、それに必要な道具の一つとして満足に扱えない、というダメ男である。

「ある朝、彼は早く目がさめて寝つけなかったので、気まぐれに地下鉄に乗り、ヨーヨーみたいに往復してやろうと思いつく。四十二丁目線でタイムズ・スクエアとグランド・セントラル駅の間を往復するのだ。そう思いつくや、彼は浴室へ駈けこんだが、途中で二枚のマットレスにつまずいた。ヒゲ剃りでアゴを切った上、刃を外そうとしてヘマをやり、指にもケガをした。
その血を洗い流そうとシャワーに手をかければ、栓が固くて回らない。いくつかやってみて回るのを見つけると、それが熱湯と水とを出たらめに噴き出させるという代物で、彼はアチチチ！　ツメテェ！　と悲鳴をあげてとびまわり、石けんを踏みつけて転んで、危うく首の骨を折るところだった」

シャツをうしろ前に着て、ズボンのジッパーを上げるのに十分もかかるような「ダメ男」のプロフェインは、アンチ・ヒーローの典型だと言ってもいいだろう。

そのプロフェインが、ニューヨークの地下水道の、内径四十八センチの下水管の中で、ぶちで、ぶざまで、無精者のワニ（たぶん、生きていることにうんざりしているのだ）を、追いつめてゆく件りは、ハリウッドのスラプスティック喜劇のように滑稽で、しかし、どこか悲しい。鉄砲もったローレルと、懐中電灯をもったハーヴェイを思わせる二人組は、ワニを探して、膝まで泥につかりながら前進する。

懐中電灯をもったハーヴェイさながらのエンジェルは、ワインを飲みつづけているので、ほとんど放心したようになり、その光も下水管の四方八方をふらつきっ放しだ。それでも、ときどき、ワニを照らしだす。

すると、ワニはふり返って恥じらうような、誘うような素振りを見せた。ちょっぴり悲しげだった。

地上は雨に違いない。「たえまなく、か細い、おしゃべりしているような水音が彼らの背後、ついさっき通りすぎた下水の取水口のところから聞こえていた。

行手は、まっ暗闇だった」

この、ダメ男プロフェインと、下水道に追いつめられた老いぼれワニとの「死闘」は、そのまま、アメリカン・ヒーロー、エイハブ船長と、白鯨（モービー・ディック）との「死闘」を思わせる。

そして、ピンチョンが描いているのは、ニューヨーク文明という巨大な死によって、地下水道にまで押しやられてしまったエイハブと白鯨との対決のエントロピー化ということだ。かつてのヒーロー、片足のエイハブ船長は、現代ではヨーヨー人間プロフェインでしかありえない。まして、モービー・ディックはシラコのワニである。

彼らの叙事詩は、たかだか地下水道の泥水のドタバタ喜劇でしかありえないだろう。

赤き火事哄笑せしが今日黒し

という三鬼の句のように、「昨夜の火事」と「今日の死」とは、一瞬にして入れ変わってしまう。

たしかに「行手は、まっ暗闇」であり、そこに感傷的な未来図を描くことなど不可能である。

ピンチョンは、エントロピーの増大と共に、「区分の消失」(de-differentiation)が始まる、と書いている。

そして実際、『V』においてもプロフェインの他、もう一人の主人公として、スティンシルが登場してくるのだ。スティンシルとは「謄写原紙とか文字抜き板」のことであり、そこに何かを書きこまなければ、無であるにすぎない。無であるが、どのようにでも(書き手によって変わってゆく)という点に特色がある。

ハーバート・スティンシルは、自分のことを「私」と言わず、「彼」と称する。彼もまたプロフェインとべつの角度から、Vという謎の女をさがしつづける。従来の小説作法に見られた人称の問題、すなわち私=主体といった図式は、ピンチョンによって、やすやすと乗り超えられてしまい、そこには限りないエントロピー現象が氾濫《はんらん》する。「物語」は中断し、組み替えられる。主人公は、たびたび入れ変わる。

たとえば、ネズミに宣教する神父フェアリングは、ニューヨークが死滅したあとは、ネズミが人間にとって代わると思い、「アメリカのためを思って」ネズミをローマ・カトリック教会に改宗させようと思いたつ。そして、下水道堤に住みつき、流木で小さな火をたきながら、「丸焼きネズミ」を常食にし、ネズミと意思を通じあうための努力をかさねるのである。

ネズミのイグナチウスは神父に反論し、バーセルミーとテレサも同調する。

神父とネズミとがマルクス共産主義について交す議論（とりわけ、ネズミたちに広まったマルクス主義的傾向が、神父に人間社会の貧困などを思い出させて、ネズミの肉がまずくなってゆく過程）は、抱腹絶倒のおかしさだ。しかし、自分のことを「彼」と称するスティンシルも、逃げまわるシラコのワニも、ヨーヨー人間のプロフェインも、マルクス主義のネズミも、この小説では中心人物ではない。

すべては、Vという一人の謎の女の不在をとりかこんでいる周辺の空さわぎにすぎないのである。

『V』の訳者である伊藤貞基は、解説のなかで、「エントロピー」が熱力学と、情報理論とに用いられる概念である、と書いている。すなわち、熱力学でいうエントロピーというのは、閉ざされたシステム内では、熱エネルギーは高きから低きへと移り、徐々に平均化する現象であり、情報理論では蒐集、整理された情報秩序が、情報量の増大によって「洩れあふれて」、混沌とし、何も伝えなくなる現象なのだ。

スティンシルが、自分を「私」ではなく、「彼」と自称し、やがて「皆」「一般人」となって稀薄化してゆく過程は、きわめて重要な問題をはらんでいる。

そこではスティンシルが、最早、個として存在しているのではなく、次第に「他人との区分の消失」した人間として外在化しているからだ。同じことはヨーヨー人間プロフェインについても言える。彼もまた、個の内面にふみとどまることなく、エントロピー現象の中に組み込まれてゆく。そのことは、単にピンチョンの好む主題というにとどまらず、現代文学一般に課せられた問題であると言ってもいいだろう。

『V』において、登場人物たちは不在の中心であるヒロインVを探しつづける。だが、Vは母であり、妻であり、情婦であり、そしてエントロピー現象の中で、複数化した人格である。

スティンシルはVを母だと思いつづけているが、しかしヴェロニカのV、ヴィクトリアのV、義歯、ガラスの義眼、象牙のクシ、サファイアのヘソをもった人造女V、聖鼠V、ヴァージンのV、ヴィクトリー（勝利）のV、ヴァギナ（膣）のVと、Vは限りなく混沌の原因となってゆくのである。

私＝個の内面の神話は、ピンチョンによって否定される。好むと好まざるとにかかわらず、それが現代なのだ。エントロピー的宇宙観、謎とき、失われたロマンとその中断、幻想とグロテスクに象徴される日常の現実の描写は、ピンチョンが今日最大のサイエンス・フィクション作家であることを物語っている。

読みつづけているうちに、おかしさがこみあげてきて泣きたくなる。やるせないブラック・ユーモアの詩人トマス・ピンチョンにとっては、物質は死の寓意なのである。

死と死のあいだを行ったりきたりするヨーヨー人間プロフェインのおかしさの中に、私は自分を見出して思わず、背筋がつめたくなるのを覚える。

そうだ、「彼」こそは、まさに「私」のことだったのである。

ロッコが戸を叩きつづける――ヴィスコンティ

「あたし、年にしてはませていたのね。いつも、眺めていたわ。歯医者が一階に住んでいたの。

ある日、あたしに合図をしたの……それから、夜そこへ独りで行くようになったわ。生活は向上したわけよ。少なくとも、一つのベッドに二人だけで寝られたんですもの」

ナディアは、十三歳の少女だった頃の思い出を、そんなふうに語っている。

貧しいアパートに、一家族がおりかさなって眠る生活にくらべれば、一つのベッドに二人だけで寝られることは、夢のようなことだったのだろう。

だが、歯医者の話は、嘘である。

ナディアにとって、売春婦になるための「もっともらしい口実」が、ほしかっただけなのだ。家族が、小さなベッドの上にひしめきあう「家畜小屋」のような生活から、夢は生まれない。ナディアは、そこから皆を追い出したい、と考える。

だが、結果は、逆だった。

「あたしひとりで眠るのが好きなの。

だから、家からおんだされたんだわ」

ひとりで眠りたい、と言いつづけながら、独りでいることに耐えきれず、いつもベッドに男をひきずりこむナディアを演じたのは、アニィ・ジラルドである。

彼女の存在は、『若者のすべて』(原題・Rocco e i suoi fratelli ロッコとその兄弟)のなかでは、それほど重要なものではない。しかし、映画を見終わったあと、いつまでも私の頭を去ることがなかったのである。

『若者のすべて』には、二つの見方がある。一つは、イタリア南部のルカニア地方の寒村に住む一家が、(「一家ぐるみ」で、家出してミラノへ移住し)ミラノで「家」を興そうとするが、家族同士の葛藤から崩壊し、「夢」は未遂のまま解体してしまうという、悲劇である。

夢の家族の中心であり、南部イタリアの土の匂いのぷんぷんとする旧制度の象徴として母親のロザリアを主人公と見たてると、ロッコ（アラン・ドロン）と、シモーネの兄弟は、一家の欠落部分、すなわち負の父性を埋めあわせるための、道化役を演じて殺しあいを行う。

そこには、「家」の不可能性を物語る、現代のイタリアの社会的な現実が、なまなましいリアリズムで、描出されているのである。だが、ルキノ・ヴィスコンティは、ロベルト・ロッセリーニや、ヴィットリオ・デ・シーカのような、イタリアン・リアリズムを継承したのでは、ない。その作品系列から見てもあきらかなように、いわば時代錯誤的な、神話的リアリズムを実現しようと、したのである。

もう一つの見方は、ロッコを主人公としたものだ。

ロッコは、三男だが、何とか母親の夢を叶えてやろうとする孝行息子である。彼は、自分の恋人を目の前で暴行した兄のシモーネをゆるし、しかも彼の犯した不始末までつぐなってやり、「家」のためにプロ・ボクサーになって、リングの上で憎くもない相手を殴って金を貰う生活に身をまかせている。

彼は、家族を集めて予言する。

「いつか……まだ遠い先のことだろうが、ぼく故郷へ帰ろうと思うんだ……もし、ぼくがだめなら……兄弟の誰かが帰れるよ……たぶん、お前が、ルーカ」

「ぼく、あんたと一緒に帰りたいよ」

「憶えときな、ルーカ。俺たちの国は……オリーブの国、月の恋しい国、虹の国さ。ヴィンチェを憶えているかい？　左官屋の親方が、家を建てるとき、最初通った人の影に向って石を投げるんだ」

「どうして？」

「家の基礎を固めるための生贄《いけにえ》さ」


ロッコの努力によって、一度は家族的連帯が恢復されかけるが、しかし、兄のシモーネの殺人によって、結局何もかもが灰燼に帰してしまう。善良で、親想いのロッコは、もはや現代では、『白痴』のムイシュキンのように、滑稽な存在なのだ、とヴィスコンティは語っているようだ。

どちらかといえば、ヴィスコンティの眼差しは、極道の兄のシモーネの方に、より熱く注がれていたのかも知れない。「家」、すなわち、思い出の秩序によって支配された、共通の夢と、その崩壊。

そしてラストシーンのロッコの、「何もかも、お終いだ」というつぶやき。

私は、そこに現代の聖書の不可能性を見出し、ヴィスコンティの主題のスケールを感じた。生涯忘れることのできない一篇である。

ヴィスコンティは、この映画の本質的な影響を、ミラノ生まれの作家ジョヴァンニ・テストリの小説『ギゾルファ橋』に見出している。母親と「家」の復権の物語、そして移民の問題、トーマス・マンの提起した兄と弟の葛藤、聖書およびドストエフスキーの影をひきずった人物たち。そのいずれもが、ヴィスコンティによって活性化され、そして見捨てられる。

「家出のすすめ」を書いた私にとって、これほどせつなく、「家」への回帰をせまった作品は、なかったように思われる。『若者のすべて』は、ヴィスコンティ自身にとっても、「もっとも好きな作品」であり、映画史を記述する者にとっても、書き落すことのできない傑作なのである。

「ヴィスコンティさん、あなたは神を信じますか？」

「私は、神よりも人生の方を、人間を、そして人間のすることの方を信じるよ。私は、まだ敗けたわけじゃないが、人生と私のあいだにあるのは、絶えまのない闘争なんだ。

たぶん、人生の方では私をそろそろ死なせようと考えているだろう。しかし、私は、まだまだ、そのときが来たわけじゃない、と言いながら戦っている」

「あなたは、自分に何かが欠けていると思ったことはありますか？」

「あるよ。私には愛情が欠けているって。もちろん、私にも、愛したり愛されたりってことはあった。

だけど、どうしても欲しいと思う愛情は、残酷なほど見つからなかったんだ」

（『罪なき者《イノセント》』撮影中のセットで行われた「シネ・ルヴュー」誌のインタビュー）

ルキノ・ヴィスコンティは、一九〇六年十一月二日、ミラノの富裕な貴族の家柄に生まれた。

私は、一九三五年十二月十日、青森の貧しい下級官吏の家柄に生まれた。何一つ、共通なところのなかったヴィスコンティと私とが、なぜかロッコを共有の「息子」のように感じつづけている。

そして、私はもしかしたら、じぶんが『家族の肖像』の教授の脳裡を通りすぎる一群の「若者」たちの中の一人であるかも知れないし、『若者のすべて』の続篇を構想しつづけているシネアストの一人であるかも知れないのである。

円環的な袋小路――フェリーニ

もっとも衝撃をうけた作品を挙げよ、と言われたら、私はためらわず、文学でロートレアモンの『マルドロールの歌』、映画でフェリーニの『8½』と答えるだろう。二十代で『マルドロールの歌』と『8½』に出会ったことは、私の創作活動の決定的なクライシス・モメントとなった。

この二つの作品は、共に作者自身の「記憶」を扱っていた。だが、記憶は必ずしも作者の過去に「実際に起こったこと」ではなかったのである。

たとえば『8½』の場合、主人公のグイドはフェリーニ自身であり、同時に赤の他人である。フェリーニは、グイドの記憶を利用して（つまり過去の力を借りることによって）現在から身を守ろうとする。だが、同時に「現在」を強化することによって、グイドの記憶（つまり過去）からも身を守ろうとする。

この円環的な袋小路で、多くの幻想が生まれるのである。

パーティでの記者たちの「映画論」も座興の心霊術も、少年時代の呪文アサ・ニシ・マサも、乞食娼婦のサラギーナも、フェリーニを袋小路から救い出す力とはならない。フェリーニは、グイドという分身を、家庭において、仕事場において、そして戯れの情事のベッドにおいて、徹底的に問いつめてゆく。

その、もっとも難解な質問は、ただ「私とは誰か？」といった素朴なものなのだが、グイドはそれに答えることができない。

おそらく、これは映画史上はじめてと言っていいほどの登場人物と作者のはげしい相克であろう。

ラストシーンで、少年時代のグイドと魔術師が指揮をして、現在のフェリーニを踊らせる場面には、もの悲しいカーニバルのジンタがとどろいていた。

資本主義社会は、いわば一つの壮大なサーカスだった。

人々は、芸人が綱から落ちるのを見物に出かけるのだ。そして、その真意をかくしながら、そのくせ、言葉だけは妙にやさしく呼びかけてくるのである。

「みんな、手をつないで！　さあ、出発！」

私という謎――ルッセル

このところ、私は二匹のカメを飼っている。一匹が質問という名で、もう一匹が答という名である。問題は、答よりも質問の方がはるかに大きいことであり、たずねてきた友人達は「質問が答より大きいというのは、どういうことだ？」と訊くことになる。

そこで、私は答える。「質問はかならず、答をかくまってるからね、その分だけ大きく見えるだけさ」と。

サン・ミシェルの裏通りの、行きつけの古本屋で『ビザール』誌のバック・ナンバー、レイモン・ルッセル特集号を見つけたとき、私が最初に興味をもったのは、一枚の機械の図面であった。

その手操りの幻燈機のような機械は、実は「レイモン・ルッセルを読む機械」と名づけられるもので、アルゼンチンのファン・エステバン・ファシオの発明によるものであった。ルッセルは、一九三三年に『新・アフリカの印象』を書いたとき、この挿入句とカッコだらけの小説を、〈 〉、《 》、と《《〈 〉》》、まで分類するよりも、それぞれを色彩別に印刷したかった、と述べているが、ファシオはそれを実現させて、挿入シーンごとに色わけし、さらに、読み返したり、めくり返したりするわずらわしさを避けるために、シーン別に別紙にして綴じ、手廻しのハンドルで読めるように工夫したのである。

ところで、ルッセルの小説を、このように分解し、明快に組み立て直すことが「ルッセルを読む」ことに最適かどうかを考える前に、彼の「挿入癖」の内実にふれてみる必要があるように思われる。それは、単にルッセルの文体の問題だけではなく、思考の形成に関わる謎だからである。

はじめに、ルッセルの初期の短篇『つまはじき』を思い出してみよう。これは場末のブールヴァール劇を扱ったものである。劇は、初演ではなく再演だということになっている。

そして、この劇の観客は、舞台で朗読するための詩を書いた男である。ところが、この詩を読む役の俳優が病気で倒れ、代役がそれを演じることになるのである。劇のタイトルは「かかとの赤い盗賊」――そして、朗読されるバラードは、「どんな剣でも貫ぬくことのできない赤マントの怪人の、長ったらしい自慢話」からはじまる。

この赤マントの怪人は、実は一人の美人に夢中である。そこで、彼女の愛人の「替え玉」になってしのびこむ。だが、彼女は魔術の鏡（分身を二度うつすことによって、化けの皮を剝がす鏡）で、怪人の正体を見ぬき、魔力のある赤マントを奪って、同じ色の虫食いだらけのボロボロの裏地を縫いつけてしまう。そこへ、ほんものの愛人が剣をもってとびこんできて、怪人は「自分が代役を演じてきた、ほんものの愛人」によって、剣を刺されて死ぬ――ということになる。

さて、殺された赤マントの怪人は、愛人の代役を演じた男――その「愛人の代役を演じた男を演じる筈だった俳優」の代役、である。そして、彼自身が、劇の中で作者のことばを（作者に代って）演じる、という俳優の「代役」的な宿命を任うことによって、「愛人の代役を演じた男を演じる筈だった俳優の代役を作者に代って演じている」ということになり、しかも、その劇自体が、初演を復元する「再演」である――というおまけまでついているのである。

これは、ルッセルの文体が重層的に挿入とカッコによってふくれあがってゆくことと、彼の書こうとするテーマの重層性とが、結合すべき必然をしめしている。さらに、魔術的な鏡――そこにうつし出される分身、といったものまで、いちいち吟味してゆくと、ルッセルの作品全体が、すべて代用品、イミテーション、にせものばかりによってできあがっていることがわかる。フーコーは、そうしたルッセルの話法、とりわけルッセルにおいて用いられる反復を、分身と区分し、「反復は分身の欠陥を告発し、それがその代理するものの再現であることを妨げる微少なほつれを明るみにだす」ためである、と謎ときしてみせる。

すなわち、「代役」は、ほんものの分身ではなく、その反復による差異への食いこみであると解するならば、ルッセル自身はかぎりなく反復し、差異に帰着するという、円環的なゲームに熱中し、いつのまにか「代役」を介して自己を多重化し、「反復する顔から仮面を分かとう」としつづけた、異常な潔癖症だった、ということになる、という説明だ。

そこで、私が思い出すのは、ある小説のこんな場面である。

名誉陸軍少将ジョン・エイ・ビイ・シイ・スミスという「ほんとうにりっぱな様子をした男」は、機械発明の時代に強く関心をもっている。彼は、落下傘と鉄道——人捕罠と発条銃、海上を走る汽船、ロンドンとティムブクツウ（アフリカの都市）を往復する定期航空の「ナッソオ気球」などについて陽気に語る。彼がキカプウ族と殺伐な事件を演じた英雄だということは、誰でも知っているが、彼の謎については、人それぞれに思いめぐらしているばかりである。ジョン・エイ・ビイ・シイ・スミスは「覆面の人物」でも「月の中の男」でもないが、ふだんは「誰も逢うことのできぬ人物」なのである。ふいに訪れると、声がきこえるだけで姿が見えない。やがて、コルクの義足をとりあげる。義手がねじりつけられる。肩と胸も、ギブス状である。かつらが頭にのせられる。そして義歯、はめられる義眼、人工顎。この、機械文明時代の組み立て式人物ジョン・エイ・ビイ・シイ・スミスは、実はポーの小説の主人公なのだが、どこかルッセルの思考を連想させる。挿入とカッコとが、文体から主題におよび、そしてついには肉体にまでおよんでゆくのが、ルッセルの作品構造だからである。

彼の人物たちは、理性を媒介して「死」をうけ入れるのではなく、「はじめから死んでいる」のである。剣を貫ぬかない赤マントの怪人や、例の「年老いた掠奪者の部族に関する白人の手紙」を書き綴る『アフリカの印象』の主人公だけではない。すべての登場人物は、限りなく「替え玉」の「代役」を演じ、自己複製化をくりかえしながら、自己を多重化してゆくが、そのことによって「もとの私」から遠ざかってゆくのではなく、「もとの私」という個の概念を消し去ってゆこう、としているのである。

すなわち、ルッセルの衝撃性は、「実体がない」ということではなく、「実体を必要としない」代役の反復の円環性ということであり、無限の替え玉ごっこによって、ふりだしにもどりつづけて、進展しない、ということに尽きる。「俺はおまえだ」といえば、「おまえは私だ」と言い返す。その交換の輪がひろがってゆき、そこに、音楽演奏機械を披露する不思議な化学者や、みみずにシタールを演奏させるジプシー服の怪人、かささぎを肩にのせ、機械に絵を描かせる男装の美女ルイーズ、汽車の音からシャンペンの栓を抜く音まで、すべて口真似できるブーシャレサス兄弟などなどが操り人形のように登場してくる。

こうした機械仕掛の代役たちは、存在そのものではなく、事物を存在につなぎとめるための媒体である。ミシェル・フーコーは、それを「残存させる役割である」と書いている。「似姿を保存し、遺産や王権を保持し、栄光をその太陽と共に保全し、告白を記録する」というわけだ。「だがまた——この維持を限度を越えて確保するために——通過させることも必要になる」(これが、代役、替え玉の論理であり、すべての読者や観客を外界から保護する閉鎖の空間を、そのまま、出会いの空間として開けはなつ。すなわち、「囲いである通過」が、ルッセルの作品の無限性の証し、となっているのである)。

もちろん、解読するためには暗号のキーワードが必要であり、仮面をつけるためには顔が必要である。みみずはシタールを(他の音楽家のように)演奏するし、機械は(ありふれた画家のように)絵を描くのだ。そこで、こうした反復のふりだしには、レリスの指摘するような「ルッセルの想像力の産物の、精髄化された紋切り型」性がつきまとう。

ルッセルの難解さは、日常の現実と、クッションの中に隠された人形言語との、まぎらわしい結合から出てくるもので、この混在性はしばしば、彼のナルシズム(あるいは、自分を大げさに考えたがる、同性愛耽溺者特有の自惚れ)に由来している、と言えるかも知れない。何しろ、小説は従来の「文体」で書かれ、演劇は「俳優」によって「劇場の舞台」で演じられたのである。そこに、すでに紋切り型思考の原基が見えていたのは当然だろう。

挿入とカッコ、代役、替え玉による反復が、分身の欠陥を告発し、「代理するものの再現であることを妨げる」ためには、「代理するもの」自体を否定してかかることも必要だったのだが、ルッセルはそれを、作品の中でのみ実現しようとして、作品とかかわりあうルッセル自身の問題から切りはなしていたように思われる。

そしてそのことは、「ルッセルを読む機械」は発明されても、「ルッセルを書く機械」は発明されなかった、という事実と無縁ではないだろう。また、ルッセルが「どうやって私はあれらの本を書いたか」という一文を残しても、「どうやって私はあれらの本を読んだか」という一文を残さなかったか、ということとも密接にむすびつく一つの回答だ。何よりもいまいましいことは、レイモン・ルッセルという男の伝記、作品、舞台成果が「存在そのものであったため、事物を存在につなぎとめるための媒体としては、いささか平明にすぎた」ということに尽きるだろう。

ああ、どこかに、解けない謎というものはないものか！

臓器交換序説——ポー

一人の教授が、犬を実験台の上にのせる。「犬の心臓」を労働者の肉体に移植するためである。

モスクワに住んでいる四万匹の犬は、たいてい《ソーセージ》という文字くらいは読める。だがそれ以上の知識があるわけではないから、労働者の肉体を貰っても、どうしたらいいか戸惑ってしまうばかりなのだ。

彼はまず、自分の名前を要求する。

「それで、何という名前をつけたいのだね?」

男はネクタイを直して答えた。

「ポリグラフ・ポリグラフォヴィチ」(ポリグラフはロシア語で複写器の意味)

この「犬の心臓をもった労働者」、あるいは「労働者の肉体をもった犬」は、ブルガーコフの小説の主人公で、臓器移植の成功者である。だが「犬を実験台にのせて人間を作り、そして自分の気に入らなくなると自分の創造したものを殺してしまうという話を革命と置き換える」という説に、私は賛成しない。もちろん、ブルガーコフの生きた時代と照応すれば「一億五千万の民衆を犬に、政治の指導者を教授に見たてること」は的外れではないだろう。

「《犬の心臓》を《人間の心臓》にできない革命、そして犬を人間に変え、ふたたび犬に戻す過程で何らの意識の変革も行えない教授の革命に対するブルガーコフの痛烈な諷刺」（水野忠夫）という見方は、正鵠を射たものだ。「一つの科学によって社会を変革してゆこうとする歴史の実験が、歴史の主体であるべき人間を歴史的必然の名において追放しようとする傾向」は、昨今のアメリカ（カリフォルニア州）の「精液銀行」による実験にも通底するものだと言うことができる。

問題は、その「歴史の主体であるべき人間」の内実である。

ブルガーコフの小説の主人公が、実験を行うボルメンタリー医師であることは構わないにしても、「ポリグラフ・ポリグラフォヴィチ」の主体が、「犬の心臓をもった労働者」フィリップ・フィリッポヴィッチなのか、「労働者の肉体をもった犬」シャリクなのかは、まったく判然としない。ポリグラフが「私」というとき、その主体は一体何者をあらわしているのかがきわめて曖昧なのだ。

すなわち、歴史というそれ自体無目的なものに対し、主体としてかかわってきたのは「人間」ではなく、「関係によって作りだされてきた相互幻想」であったという認識が、水野忠夫の分析には欠けているように思われる。

三五年生まれのSF詩人D・M・トマスは、その「適合する臓器提供者を求めて」という詩の中で書いている。

交通事故を起こして死んだ私が「新たな移植」によって、他人の肉体に変わる（あるいは、他人の臓器を移入することによって蘇生する）。

そしてそのことは、彼自身が望んでいたことだった、と気づく。

私は見ていた　おのれの　肉体が
歓喜につつまれ　運ばれていくのを
私には見えた　それは赤かった　まるで
まだ昇りきらず
郊外の家並にかかる太陽のように　そんな家の一軒で

私は生きて暮らしていた
　妻が電話を　受けるのが
　私には見えた
　彼女がなにかことばを洩らし　違うコートを洋服掛けからはずすのが
　私には見えた

「この大いなる寄贈」と、トマスは書く。ここには、カフカの『変身』をつきつめた、私の解体が行われている。グレゴール・ザムザは、究極的には「家族の三角形」の中に自己回収を行い、「私」という主体概念を守りきったが、そうした固定化した人間観は、もはや可能ではないだろう。「私」というのはただの容器にすぎなくなってしまったのか、あるいは「歴史の主体」でありつづけるのか？　そうした始源的な問いをはらまないSFは、現代の文学としての挑発力を持つことなどできない。

　少年時代、私はポーの『使いきった男』という短篇を読んで、同じ疑問に取りつかれた。

　それは、ジョン・A・B・C・スミスという「真に堂々たる男性」が、ブガブーおよびキカプー族との戦闘で活躍したが、「どこにも実在しなかった」という短篇である。

もちろん、「実在しなかった」が、彼はたしかに「居た」。

「身長約六フィート、きわだって周囲を圧する風貌」「全人格にみなぎる高貴な物腰」「ブルータスほどの人物にふさわしい猛々しくつややかな頭髪、漆黒の頬髭」「そして、なぜか、きしるともうなるともつかぬ、おどけた小さな声」。

だが、彼の長い足はコルク製の義足である。インディアンの頭皮はぎ技術を応用してつくったかつら。義歯。義眼。つけ顎。すべては作りもので成り立っている。そして、部屋の片隅の奇妙な小包の中から、小さなおどけ声でしゃべっているのが、ジョン・A・B・C・スミス自身である。だが、その小包が本当にジョン・A・B・C・スミスだったのか？

あるいは、ジョン・A・B・C・スミスという名は「ただのいれもの」だったのか？おそらく、そのどちらも事実であり、同時に事実ではないだろう。現代ではもはや「私探し」は、「歴史の検証」と同じくらいの徒労を思わせる。

いれものばかりが氾濫し、来たるべき中身を待っている時代に、一体、主体とは何の喩だというのか？

――こう書く私自身さえも含めて、もう一度、考え直してみたい問題ですな。

「猟奇歌」からくり――夢野久作

ニヤニヤと微笑し乍ら跟《つ》いて来る
もう一人の我を
振返る夕暮

夢野久作の「猟奇歌」には、笑いと戦慄がつきまとっている。

それは対象を異化することによって生じる笑いではない。「ニヤニヤと微笑し乍ら跟いて来る／もう一人の我」は、久作の分身などという生やさしいものではなく、全く得体の知れない、一つの不可能性なのである。

振返っても、振返っても跟いて来る「我」が、歌っている久作自身と同じ時を共有しているかどうかは、あきらかではない。

もしかしたら、少年時代の久作かも知れないし、老後の久作かも知れない。しかし、ここではやはり、秋の西日を背中に受けながら、振返る久作と瓜二つの風貌をしてニヤニヤしている「もう一人の久作」を思いうかべるのが、筋道だろう。

では、この「もう一人の我」は、なぜ笑っているのか？

ジョルジュ・バタイユは次のように書いている。

「もし私の生が笑いの中に身を滅すとすれば、私の自信は無知の自信となり、結局は自身の全面的欠如となるだろう」

「誰にも、笑いを固執することはできない。笑いの維持は鈍重さに堕すことである。笑いは宙吊りになっていて、何ものをも肯定せず、何ものをも鎮めはしない」

たぶん、「ニヤニヤと微笑し乍ら跟いて来る」もう一人の夢野久作は、笑うことによって自らを宙吊り状態にしている。それは、宙吊りというよりは、氷りついていると言った方が当っているかも知れない。しかし、この「もう一人の我」を『暗黒公使』に登場するヘルマフロディトスの美少年に置換えることは、間違いである。美少年ジョージは、彼自身のナルシスティックな恍惚感によって、笑いを内在している。

彼のアリバイは、勝利感から生まれた寛濶な気分の中に、笑いをとじこめることによって証明されているのだ。だが、この歌（に限らず、「猟奇歌」の中）にしばしば見られる、夢野久作の笑いは、もっと鈍重なものだ。おそらく、バタイユの指摘する「無知の自信」によって、久作自身を凍結させてしまうものだ、と言ってもいいだろう。

当然のことだが、久作はそのことに気づいている。彼は、「自分がそうあるところのもの、すなわち、笑いそれ自体」を恐怖しているのである。

たとえば、べつの歌、

泣き濡れた
その美しい未亡人が
便所の中でニコニコして居る

の「ニコニコ」について考えてみることにする。この歌の不思議は、作者であるところの久作が、どこに居るか不分明だということである。

もし、三十一文字詩型の約束事に従えば、作者は「便所の中でニコニコして居る」未亡人をどこかで確認していなければならない。

それは「未亡人と一緒に便所に入っている」か、「便所の外から、未亡人を覗き見している」か、どっちかである。しかし、未亡人の「ニコニコ」の内実からすれば、便所の中に他の男が一緒にいるとは思いにくい。便所の中の未亡人の仮面の下の素顔を見ている作者は、「節穴から女子便所を覗き見している中年男」であって、「未亡人には気づかれていない」とするのが妥当であろう。

だが、夢野久作の「猟奇歌」は、必らずしも作者の位置をあきらかにしなければならぬような「私性文学」として書かれたものではない。

自らの存在を禁忌として対象から切りはなし、そのことの不運を世界への冷笑としてお返しする。

便所の中の未亡人を「見ている」久作自身は、自らの超越性を恥じて姿をかくす。「ひとりの人間の幸運は、他の人間の不幸を辱かしめる」（バタイユ）ことを、久作は知っているのだ。

神様の鼻は
真赤に爛れている
だから姿をお見せにならないのだ

赤く爛れた鼻を恥じて姿をかくしている全知の「神様」と、女子便所の節穴から一部始終を覗き見している赤面症の中年男とのあいだに、どれほどの差異があるというのだろうか？

少なくとも、両者をつなぐ氷りつくような笑いは、行き場を失った夢野久作の宙吊り状態を証しているかに見える。そして、彼の「猟奇歌」一連は、その「赤鼻の神様」の立場で歌われた、中年の覗き男の恥かしい告白として、読者のわれわれをも、狂気じみた開口部に呑みこもうとし、その笑いを笑いつづけているのである。

さて、もう一度、

泣き濡れた
その美しい未亡人が
便所の中でニコニコして居る

に戻ることにしよう。

おそらく、この「美しい未亡人」は、夫に死別したばかりの人妻である。喪服を着て、仏前で泣き濡れて、参会者たちの同情を集めている。

だが、その内心は……と、「赤鼻の神様」は告発している。「これで自由になれた」「これでお抱えの運転手とも、おおっぴらに情事が愉しめる」と、ひとりでほくそ笑んでいるのだ。そして、それがブルジョア階級の人妻の、貞淑の欠如であり、東京人の堕落のあらわれなのだ。

「便所の中でニコニコして居る」美しい未亡人を非難しながら、同時にいささかの羨望に肉欲をもやしている中年の覗き男の心理は、たとえばウイリアム・ブレイクの『格言詩集』の一節、

　ひとりの人妻にわたしが求めつづけるものは、
　満たされている欲望の面だちだ

を思い起させる。

だが、小心な彼には「もろもろの禁止条項を侵犯し」「超越神、すなわち人間のかぎりない屈辱」（バタイユ）に向かってゆくだけの跳躍力がない。そこで、その反動から必要以上に倫理的になってゆくのである。「東京の女は自由である」と、彼は書いている。「眼についた異性に対して、堂々とモーションをかける。異性を批判し、玩味し、イヤになったらハイチャイをきめていい権利を、男と同じ程度に振りまわして居る」。「往来を歩く姿勢

も、昔と違って前屈みでは無い。昔は〈屈み女に反り男〉であったが、今では〈反り女に反り男〉の時代になった。そのうち、〈反り女に屈み男〉の時代が来るかも知れぬ」。

反り女の横行を嘆く夢野久作は、その元凶を欧州大戦に求める。「欧州大戦は、民族性や個性の尊重、階級打破、圧迫の排斥なぞと云ういろんな主義を生んだ」。

それらは「今まで束縛され、圧迫されて居たものの解放と自由」をうながしたかに見えながら、結局は、世紀末的ダダイズム、邪教崇拝、変態心理尊重の頽廃的傾向を生み出し、「全人類の不良傾向にむすびついていったに過ぎなかった」。

『ドグラ・マグラ』や『白髪小僧』の作者がダダイズムや変態心理尊重を、全人類の不良化の問題としてとらえているのは、いささか奇異である。

多くの読者は、

すれちがつた今の女が
眼の前で血まみれになる
白昼の幻想

頭の中でピチンと何か割れた音

イヒ、、、、

……と……俺が笑ふ声

といった歌にダダイズムや変態心理を感じない訳には、いかないのだ。にもかかわらず、それらの頽廃的傾向を否定しようとする久作は、自分が夢野久作であることに疲労している。「幸福でも、逸脱でもなく、ただ自身であること」を維持することができない。何もかも、消滅に向かっている。まるで、白日夢の犯罪のように、だ。

夢野久作は、それが「自分と神との不在」によってもたらされたものだ、と思っている。しかし、鼻の赤く爛れた神も、赤面症の覗き魔の自分も、たやすく人前に姿を見せる訳には、いかない。羞恥心が、彼を「押絵」の中に封じこめるのだ。

神と自分の不在——これほど笑うべき見かけがあるだろうか？　空想力は一切の抑制から解放されて、限りなく肥大する。

白い乳を出させやうとて

タンポポを引き切る気持ち

彼女の腕を見る

白い赤い
大きなお尻を並べて見せる
ナアニ八百屋の店の話さ

変態心理（というものが実在するかどうか定かではないが）としか呼びようのない、こうしたエロチシズムの妄想は、笑いによって生み出された空無を、恍惚忘我によって埋め合わせようとするものである。

ほとんど、短歌として体をなしていない、これらの歌が、久作文学の内実にふれるための重要なヒントを与えてくれることは、言うまでもない。ふたたび、バタイユの言葉を引用しておこう。

「ニーチェの信奉した原理は、笑いに結ばれていると同時に、恍惚裡の認識喪失にも結ばれているのだ」

「猟奇歌」は、昭和三年から十年にかけて、『猟奇』『ぷろふいる』に発表された。久作は、この一連の短歌を、詩型として選んだのではなく、むしろ、濃密小説の変形として巧みに活用したのだ、と考えられる。

規範となっているのは、啄木の三行書き口語短歌であり、その内容においても、啄木を

意識したものが少なくない。たとえば、

自分より優れた者が
皆死ねばいいにと思ひ
鏡を見ている

は、「友がみな我より偉く見ゆる日に」という啄木の歌を想起させるし、

かかる時
人を殺して酒飲みて女からかふ
偉人をうらやむ

ぬす人の心を抱きて
大いなる煉瓦の家に
宿直をする

などには、啄木の文体がそのまま引き継がれている。

だが、こうした歌は私を魅きつけない。久作らしさが、まるで感じられないからである。言うまでもないことだが、短歌は「私」性の文学であり、つねに主人称が（歌の中で省略されていても）、作者と同一人であることが前提になっている。そのため、歌人たちにとって内的自我とどのようにかかわるか、ということが、きわめて大きな問題だったのだ。

しかし、内的自我というものが、「ヒューマニズムの最後の神話」（宮川淳）にすぎず、しかも「ヒューマニズムの破産があきらか」となった今、短歌的な「私」性は、よりどころを失うことになってしまう。それを、宮川淳が「近代の表現概念の失権」であり、「自己表現が、最後の神話を失った状態」である、と指摘しているのは、納得できる。

久作の短歌が、従来の短歌史のなかで、どのようにも位置づけられることがなかったのは、内的自我が作品をつらぬくべき核として存在しなかった、ということに原因していることはあきらかだ。たしかに、

　無限に利く望遠鏡を
覗いてみた
自分の背中に蠅が止まつてゐた

といった歌を、作者の記録的写実でとらえようとしても、できるものではない（自分のアパートの畳を剝がして、その下の土を掘りはじめ、どこまでもどこまでも掘り下げていったらば地球の裏側に突き抜けた、というのなら、まだわかる。この歌の場合には、そうした根拠さえ何もない、ナンセンスによって成り立っている）。

そして、こうしたナンセンスぶりが、従来の短歌を支えてきた「私」性のもつ「内的現実」という幻想をふり捨てるのである。

久作にとって短歌の内なる「私」は、すべて仮構である。そして、「語られている事件」はすべて、個的な体験とは無縁のものである。

では、「猟奇歌」のどこに久作がいるのか――一般的に言って、それは歌の外の「どこでもない場所」（すなわち、透明人間か、姿をかくした神様のように、どこにいるかわからない場所）にいると言っていい。彼には「われわれ」という発想も、無私にいたる回路もない。彼はただ、「覗き見している」だけなのである。

犯人の帽子を
巡査が拾ひ上げて
又棄てて行く

春の夕暮

どんな事件があったのかは、この際、問題にならないだろう。

ともかく、この巡査にとって、犯人の証拠物件を拾いあげることで事件に深入りすることがわずらわしかった。感傷家ならば、「それほど物憂い春の夕暮だった」と書くかも知れない。

あるいは、「うららかな春の夕暮は、地上の犯罪など、とるに足らぬものと思わせてしまうような魔力をもっている」という分析も可能だろう。だが、久作にとって、下の句の「春の夕暮」は、さして重要な意味を持っていたとは思えないのだ（あえてこじつけるならば、「春の夕暮」とまとめあげる、短歌的抒情の常套手法に対するパロディだった、ということもできる）。なぜなら、類想の歌には、こうした自然描写がつけくわえられることは稀であり、

山の奥で仇讐同士がめぐり合った
誰も居ないので
仲直りした

という歌にみられるように、久作はいつも、無関心と覗き見によって、笑いながら戦慄しているのだ。

たしかに、久作は「ヒューマニズムの最後の神話」の滅びを予見している。多くの歌人たちのように、内的自我にたてこもって、「私」の再建に営々とすることなく、「鼻の赤い神様」のように、姿をかくし、外側から見守っている。だが、だからといって「私」の桎梏から、完全に自由になれたという訳ではない。

「人間は問いを発し、しかも、『私は誰なのだ？　私は何なのだ？』という希望のない問いかけが自分の中に開く傷口を、閉じることができない」(バタイユ)

一見、まぬがれているかに見える久作にも、しばしば自らが偶発物であることを思い知らされることがある。

独り言を思わず云つて
ハツとして
気味のわるさに
又一つ云ふ

ているのか。

青空の隅から
ギツト眼をあけて
俺の所業を睨んでゐる奴

覗き見している自分を、誰かが覗いている。この果てしない反復が久作を宙吊りにしている。笑っている自分を、笑っているものの正体は一体何者なのだろう。それは「自分がまさにそうあるところのもの、すなわち、笑いそれ自体！」なのか。

腸詰に長い髪毛が交つてゐた
ギツト考えて
喰つてしまつた

髪の毛の交った腸詰は、投げ出された世界の謎である。
ギット考えたが、解くことはできない。「そこにかくされている猟奇的な事件」のかかわりあいになる位ならば、気づかなかったふりをして「喰ってしまう」方がよかろう、と考えて、久作はそれを「美味そうに、ムシャムシャと」喰った。
だが、本当に誰も見ていなかったのか？

見てはならぬものを見てゐる
吾が姿をニヤリと笑つて
ふり向いて見る

という反歌がついている。

つまり、あたりを気にしながら、そっと「他人に見られたくないことをしている自分」を、もう一人の自分が見ているのだ。そして、その自分も「ふり向いて見る」ということで、迷宮のように問いは重層化されてゆく。「希望のない問いかけが自分の中に開く傷口を、閉じることができない」久作の苦悩が、はじめて、あきらかにされる。「疑問への投入は、孤独者の仕事だ。明晰性は――それに透明性は――孤独者のしわざだ」と、バタイユは書いている。

「しかし、透明性の中で、栄光の中で、彼は孤独者としてのおのれを否定するのだ！」と。

暗の中で
俺と俺とが真黒く睨み合つた儘

動くことが出来ぬ

今も、男ありけり——『伊勢物語』

『伊勢物語』の六十三段、つくも髪《がみ》のくだりを読むたび、なぜか母子相姦のイメージにつきまとわれるのであった。

つくもは九十九で、この場合には業平の、

百年《ももとせ》に一年《ひととせ》たらぬつくも髪われを恋ふらし面影に見ゆ

から来ている。

百年の百から一を引くと九十九《つくも》となるが、同時に「一を引いた百」は白という字に早変りするのである。

この歌意は「白髪のおばあさんがわたしを恋しがっているらしい、面影がちらついて見える」というほどのもので、一首独立させると「わが子を恋しがっている母のことを、ふと思い出した」という解釈で足りることになる。

しかし、物語にはめこまれるとたちまち、性的な歌意をもちはじめる。この歌は、美青年業平が、つくも髪の女にわざわざ「きかせる」、あるいは「見せつける」ために作った歌なのである。

女、男の家に行きて、かいまみけるを男ほのかに見て、

と歌いはじめるのだが、相手のいないところで、いきなり一首声に出して詠むというのが、いささか不自然に見えぬこともない。(白髪の女が、)恋しい男の家にしのびこみ、茨《いばら》、からたちの垣根ごしに中を覗いていると、男がその気配に気づいて、

われを恋ふらし面影に見ゆ

と詠むのだが、これはおそらく「その年になって、まだわたしを恋しがっているのですね。ちゃんと、わたしにはわかりますよ」と、たしなめ気味に言っている、と解す方がいいだろう。女の方も、ただ「男の家に行きて、かいまみけるを」とすると、いかにも「一

度寝た男に逢いたさのあまり、しのんできた」ということになるのだが、それならば気づかれてひらき直り、

つつめどもかくれぬものは蓑虫の身よりはみだしきみ恋ふるかも

とでも言って、つかつか上りこみ、男の胸に身をまかせてしまえばよさそうなものだが、ここではそうせずに、(本心を見ぬかれて)あわてて逃げ帰った、ということになっている。奇異に感じるのは、そのあとである。女が逃げ帰ったということを知った業平は、なぜか「かの女のせしやうに、忍びて立てりて見れば」と言うから、業平は女の家までわざわざ「のぞき見」に行ったのであろう。

白髪の婆は、ため息をつきながら臥し、

さむしろに衣かたしき今宵もや恋しき人にあはでのみ寝む

と詠っている。

この歌が、業平にきかせるためかひとりごとなのか、文意から汲みとることは難かしいが、互いに了解済みの性的前技と解すれば、わからぬでもない。和歌によって装われてい

るが、六十三段目の「つくも髪」は、『伊勢物語』の中で、かなり異色なものであることだけは、間違いないように思われる。すなわち、この「相互の覗き」は、「自慰を見せつけて刺激しあう」行為をかくしており、だからこそ、演技的に反復しあうことで、お互いに昂めあっているのだ、と言えるような気がするのである。

さて、この「つくも髪」の実体だが、ほんとうに九十九歳に近い白髪の女を相手にしているとは思えぬから、「年増女」というほどのものと解す方がいいだろう。文中でも「世心《よごころ》つける女」となっていて、必らずしも老女とは言っていない。「好色な年増女」のことを、業平が甘えをこめて「ばあさん」と呼んでいる、ということも考えられるし、「年より若く見える女」をことさらに「つくも髪」と言い、逆説的に若さを強調してみせている、という解釈もできるのである。

（もっとも、この「世心つける女」は、三児の母であるから、三十は過ぎていたことにまちがいはない。しかも、その三男が業平の馬の口をとって、業平に、「母があなたと寝たがっています」と仲介したりするのだから、結構な年だったことは、充分に予想できるのである。）

私ははじめ、この「つくも髪」はかつらなのではないか、と思った。しばしば西欧の中世期の娼家で、若い娼婦に白髪のかつらを冠せて、

る。

「お母さん、いいよ!」

と叫びながら姦す、といった、通過儀礼的な性行為があったことを思い出したからである。

だが、ここではやはり、「つくも髪」は文字通りの白髪と解する方がいいだろう。実際、老いてますます世心のついてゆく女も、めずらしいことではないのである。それなのに、この物語がどこか異色に見えるのは、「つくも髪」の女の正体が、いま一つ謎めいて見えるところにある。

たしかに、在原氏の五男の中将業平と、平凡な三児の母(おそらく未亡人)とのあいだに血のつながりを見出すことは困難かも知れない。しかも、女は「業平をえらんで求めた」のではなく「若い男ならば、誰でもよかった」のである。このへんにも、性を独立した人間関係として扱おうとする、作者の姿勢が感じられる。

「よき御男ぞいで来《こ》む」とあはするに、この女、気色いとよし。異人《ことひと》はいとなさけなし。

「あはす」は夢合せのことで、この女は見もしない夢を見たといつわって、じぶんの「男欲しさ」を間接的に息子に訴える。

そして、三男が母のために「大抵の男ではつまらないだろう」と思い、遊び人として知られる色男の業平を選んで、どうかわたしの母と寝てやってください、と頼むのである。

この三男の立場が、六十三段目を際立ったものにしていることは、まちがいない。「母と寝てくれ」と頼む男と、それを「あはれがりて」引き受け、「寝にやってくる」男。二人のあいだは、母の情欲を媒介にして、許しあっている。

と同時に、夢についての嘘をならべたてて、息子に男さがしをさせ、その男を家に招んで、なかば息子に見せつけながら情事にふける、つくも髪の母は「あはれ」どころか、相当なものだと言ってもいいだろう。

世の中の例として、思ふをば思ひ、思はぬをば思はぬものを、この人は、おもふをも、おもはぬをも、けぢめ見せぬ心なむありける。

と、作者は業平の寛大さを半ば讃え、半ばあきれながら、物語をとじている。

しかし、この六十三段目を従来のように、「業平の『与える愛』『理想の男性としての典型』」のみとらえるのは、当っていない。

『伊勢物語』に、きらりとかすめる快楽の殉教性（すなわち生殖からも、「家」を保持するための絆からも切りはなされた色欲）は、ときには自らの母をまで、その対象として扱いうる可能性を暗示してみせているのである。

「けぢめ見せぬ心」は、業平の好奇心の深さ、あるいは快楽探求への熱心さをしめし、やがては「つくも髪」に象徴される、母的存在をまで寝奪《ねと》ってしまう、という心であろう。

それゆえにこそ、オイデプスのように、業平もまた「私という病」にとりつかれて、遍歴をくりかえしつづけたのであった。

かりそめに手折らむ花の枝も見で月の隠るまでを待つとは

復讐の父親さがし――塚本邦雄

パリサイド・ホテル毛深き絨毯に足没す　かくも父に渇き

塚本邦雄における父親の問題について考えてみることにしよう。

この歌の場合、父親のイメージはパリサイド・ホテルの「絨毯の毛深さ」に換喩されている。

それは、きわめて性的なものであり、牡としての父親を思い起される。

そして、その父親に「足没す」という表現で、愛撫をたくらむ塚本邦雄の同性近親相姦願望は、そのまま塚本邦雄の文学をつらぬく主題となっているのである。

一体、この「父親」というのは、塚本の父親をあらわしているのか、それとも、父親としての塚本をあらわしているのか、ということが問題である。

もし、前者だとした場合、すでに齢五十歳を超えた塚本が、毛深き絨毯を足でまさぐりながら、不在の父親を恋しているすがたは、異様である。たぶん、パリサイド・ホテルの鏡にうつっている塚本は、少年に変身し、その少年の恋している父親は、塚本の現在にイメージされているのかも知れない。濃厚なナルシズムが乳液のように立ちこめる。分身は、アナモルフォーゼのように、塚本邦雄の輪郭を解体し、再現する。含羞と原罪の意識、「足」のもつ愚直さが、ユーモラスであるとともに、ひどく悲しく思われてくる。

同じ塚本が、若い日に綴った、

象牙のカスタネットに彫りし花文字の　マリオ　父の名　ゆくさき知れず

という有名な歌以来、不在の父と、それをさがしつづける「私」——そして、両者は実は同一人物であったという謎解きの意外性が、塚本の歌の中で数十年間、同義反復されている。

例えば、この二つの歌をへだてた数十年の歳月を超えて、マリオという名をカスタネットに彫った遊蕩の父を、パリサイド・ホテルで想い出している塚本邦雄と、大阪の貿易商事の経理の机に坐っている、勤勉なサラリーマンの仮面をつけた、逃亡者マリオ——実はもう一人の塚本邦雄とが、時差の倒錯をはさんだ同一人物である、ということはあきらかである。なぜならば、塚本自身はとうの昔に父親になっており、「パリサイド・ホテル」で「父に渇いて」いるのは、自分が日常の現実原則の中で演じている父親を超えた、イメージの中の原型として「父」だと思われるからである。

男なる父の果実の翳　さはれわかものの棒立ちのこころよ

こうした歌にあっても、「男なる父」と、「わかもの」が、同時に塚本自身であることはあきらかである。

塚本の歌が、つねに叙事的に見え、客観的に見えるのは、歌の中に「対立の同時性」をそのまま抱えこみ、父と子の関係を相対化し、自らはどちらの立場にも立たず（それ故にこそどちらの立場にも立って）いるからに、ほかならない。

そして、そこにフロイド風分析を援用することが許されるならば「父を殺さず」「母と寝る」ことのないままに、いたずらに青年時代に追い越されてしまった塚本邦雄自身の、呆然たる自己観察だということができるだろう。

壮年のなみだはみだりがはしきを酢の壜の縦ひとすじのきず

このすぐれた歌は、塚本の歌の主題となっている「父の不在」を充塡するのは、実は塚本自身の肉体であるということを告白している。そして、それはほとんど単性生殖的な潔癖性に裏打ちされた、エロチシズムの歌である。壜。棒。足。それらは、塚本の男根の喩であると共に、アレフのように全宇宙をうつしだす円錐でもある。こころみに、「父」という一字をすべて「私」という他の一字におきかえてみるとよい。歌は、一切の修辞の奥にひそんだ塚本邦雄の本心をあからさまに見せてくれることが、あきらかなのだ。

いささか早口で独断的な書き出しになってしまったが、このへんで私のもっとも好きな作家の一人であるルイス・ボルヘスの『トレーン・ウクバール、オルビス・テルティウス』の中から、父親に関連して書かれた一節を引用してみたい。それは、この世に実在しない百科辞典の一項、まぼろしの叙述の部分の描写である。

霊的認識をもつ者にとっては、可視の宇宙は幻影か(より正確にいえば)誤謬である。鏡と父とは、その宇宙を繁殖させ、拡散させるがゆえに忌まわしいものである。

可視の宇宙を繁殖させる忌まわしき種馬、牡としての父親を、塚本は愛している。そして、どこまでも父親擁護の側に立ちつづけようと決めたときから、塚本は霊肉に引き裂かれたエロチシズムのユダとなる。

　たとへば父の冤罪の眸《まみ》愛すべし二重封筒のうちの群青

このやさしさ！
これが他者へ向けられたものならば、美しい抒情歌で終ってしまうところなのだが、しかし、「たとへば私の冤罪の眸愛すべし二重封筒のうちの群青」と一字だけ入れ替えるとまるで意味が逆転してしまうのである。
この歌は、ほとんどジャン・ジュネの「花のノートルダム」の一節を想い起させるばかりである。すでに父であるということで「有罪」なのに、今さら何を「冤罪」だと申しひらこうとするのだろうか？　罪人であることによってのみ昇華されうる日常の現実原則の中で、塚本はどこまでも生まぐさく、「霊的認識者の立場」の負い目をも引き受ける。父であることの殉教性が、塚本の中では必らずしも美によって償われていないのである。

　老いは目くらむばかりのかなしみとおもふ暗がりに青梅嚙む父よ

われよりながくきたなく生きむ太陽に禮《ゐや》する父と反芻《にれが》む牝牛

こうした醜悪な父を、自己の恥ずべき属性として、同時に忌まわしい隣人として冷察している塚本は、もう片方の目で、父を讃美することをも忘れていない。

嬰児さかさに提げて愛する父若し脈脈とミノタウロスの首

土曜日の父よ枇杷食ひハルーン・アル・ラシッドのその濡るる口髭

長身の父在りしかな地の雪に尿もて巨き花文字ゑがき

生首のように嬰児をさかさに提げて立つ、長身で口髭をはやしたミノタウロスのごとき牡としての父、その父の発散する性的魅力には、まさに塚本の夢見る「見事な男」のイメージが在る。しかし、さきに挙げた二首の初老の父には、若き日の肉体に復讐された、男の末路が、見るも無惨に予見されているのである。

ところで、と私は考える。

これらの歌の中に登場してくる塚本の「父」は、なぜ「父」でなければならないのか。それが、「男」や「兄」でなければならぬ理由としての、「父」の条理を、塚本はどのように保証しているのだろうか？

父といえば、家、家族とのコレスポンダンスとしてとらえるという常識を、塚本は切り捨てている。

塚本の歌の中に描かれる父は、孤立して、一人の牡として悲劇の断崖に立っている。父の持つ社会性、家父の持つ階級的象徴性といったものを超絶することによって、塚本は父を、相対的な存在としてではなく、絶対の血肉的シンボルとして扱おうとしている訳である。

その結果、父は人格を覆う、神の仮面をあてがわれる。

父たるは死の神たるにひとしきか　ひとし火の色の套靴《オーヴァ・シューズ》

可視の宇宙を繁殖させる、不可視の存在としての父――それは当然、塚本の夢想の中でしか生きられぬ父であり、日常の現実原則の中では、不在の父である。

塚本が、その歌の中で父を「在りしかな」と過去形で謳い、「父に渇き」、「ゆくさき知れず」と嘆くのも、ゆえのないことではない。
一人の父の不在によって充たされている塚本の文学の全体性、それは塚本の無意識の領域を推理するだけでは解けぬ、多くの謎をはらんでいるように思われるのである。

ここで、私は自分の方法に、二つの途があることに気づく。

その一つは、実際の塚本邦雄の父について論及してゆく、戸籍あばきの社会派推理小説的な手法である。少年時代の塚本邦雄にとって、父親の存在は一体何であったのか？その身長、容貌、経済力、といったものを克明に描写しながら、塚本邦雄の内的世界における「父」の消滅と生成——そして、父的なるものの補完作用をはたした、他の多くの男たちの記憶といったものを、すべて洗い出してゆくと案外、意外な事実があきらかになるのではあるまいか。たとえば、「実在の父」の恥部をかくすために、百人の不在の父を並べたてるお面売りの塚本邦雄という推理。

だが、それはあまりにも類型的にすぎる。おそらく、塚本の歌の中の「父」と、塚本の戸籍上の父とのあいだには、一切の通底口はないのであって(それを潜在意識の領域でつなぎあわせようとするフロイド哲学を方便化した近代主義的文芸批評では)、ミノタウロスの肉体を持った塚本邦雄の「父」を、塚本自身の内的欠落を補完する、代替物に堕《おと》してしまうことになるだろう。私は、作者にとっても、読者にとっても幸福とはいえないこうした事件の解決をとることはしたくない。

では、もう一つの方法、「父」を「父一般」あるいは「父の原型」としてとらえてみるのはどうか？

現代は「父親不在」の時代であって、社会はつねにその内核に、父的なるものを要求しつづけている。そして、父親を必要とする政治、宗教が、そのまま父親のいない時代の疲弊を物語っている。

アーサー・ミラーの『セールスマンの死』の中に描かれる中老のセールスマン、ウイリー・ローマンが、いわば同時代の父の一つの典型であることを辞めてから、彼に代って登場してくる（かも知れない）長身の、「尿もて巨き花文字ゑが」くだけの大男根の持主、新しい父までの長い交代猶予のあいだ、父は不在である。しかし、長身、大男根、口髭のミノタウロスとしての「新しい父」など、ほんとうに登場してくるのか？

それは、叔父ではなく、たしかに父なのか？　塚本邦雄の歌の中の父のイメージをモンタージュし、そこに表出される一人の「父」を、同時代の「父親不在」状況と照応しながら論をすすめてゆくという手法は、おそらく前者よりは、興味あるものとなるかも知れない。しかし、それは、塚本の歌の中の「父」のもつ、固有性を一般化することによって、ますますその輪郭をあいまいにしてしまうことにしかならない。

いま、問題にするべきことは、むしろ、あいまいすぎる「父」のイメージを、瞼の父から、現実の父へとたぐりよせる、個的な方法であって、「長身」の「マリオ」「ゆくさき知れず」の父をさがし出すべき、「たずね人」の神話学なのである。

弑逆旅館《パリサイド・ホテル》　このホテルは、ぼくの当時の制作の根拠地であつた。エリオットの〈荒地〉で、主人公がスミルナの葡萄商人ユージェデニスと寝た、メトロポール・ホテルにも勿論多々興味はもつてゐるが、血へのはげしい嫌悪と不信を抒情するためには、この真昼のくらやみの充満した宿こそふさはしい。ぼくはここで父母を弑し、生誕を嘲り、婚姻を咒ひ、すべて人間の晴朗な繁殖の源に執拗な糺問を試みる。そしてこれはとりもなほさず、この歌集四百首のすべてにかかはるモティーフでもある。

（『水銀伝説』跋）

ここで塚本は父を母と一緒に弑している。父が、弑されるときばかり母と同格に扱われるのはなぜか？という疑問が、まず私をとらえる。

父を弑して母と寝て、その母に「忌まわしい可視の現実」を産ませることによって自らが父になり代る、という反復が、ここでは断ち切られる。だが、「母も弑してしまえば、忌まわしい繁殖からまぬがれるのだ」という、ボルヘスへの反語は、はたして語意通りに有効なものだろうか？

かつて塚本は『装飾楽句』のなかで、

煤、雪にまじりて降れりわれら生きわれらに似たる子をのこすのみ

と歌い、半ばあきらめ気味に、自らの父化をうけ入れていた。

しかし、次第に「可視の繁殖」へのうとましさが重層してゆくにつれ、父弑しを思い立ち、母だけをのこすことによって自らが父を代行せざるを得なくなってゆくうち歴史の矛盾と向きあうことになっていったのである。

子を生《な》し非業のはての夕映えに草食獣の父の歯白き

子を生すことを非業と悟り、それをくりかえし犯さぬために「父を弑す」ことを思い立つ。母も同断である。しかも、母はつねに、父と息子の二人の男との葛藤に思い患い、どちらか一人を殺すことを思いつづけている。

檸檬風呂に浮かべる母よ夢に子を刺し殺し乳あまれる母よ

「父母を弑し、生誕を嘲り、婚姻を呪ひ、すべて人間の晴朗な繁殖の源に執拗な糺問を試み」ようとする塚本の意図は、とりあえずは達成される。かくして塚本は、霊的認識に拠

る、不可視世界の司祭となる。だが、言語という、不可視世界の領域で父母を殺したとしても、その「父」、その「母」の日常的現実原則における桎梏がとりのぞかれる訳ではない。

一度殺した父、母はふたたび、三たび、歌の中でよみがえる。

愛は生くるかぎりの罰と夕映えのわれのふとももまで罌粟の丈

すでに父でありながら、つねに父でありたいと思いつづけている男、同時に、いまだに父になれぬまま、父であることからまぬがれたいと思いなやんでいる男。

それが塚本邦雄である。

可視と不可視の相互半世界、空想と日常の、記憶と体験の、数理とエロスの相互補完によってつねに完成してしまう小宇宙から、脱出しようとする塚本のたくらみは、定型詩の円環性の中で、三たび、四たび封じられる。殺しても殺しても死なぬ父、その脂ぎって夜のプールを泳ぐ生ま身の哺乳動物の不死身の醜態は、イメージによって浄化される。長身、口髭の、ゆくさき知れぬマリオ——は、もともと塚本の考える父の理想のイメージでも何でもない。それは、ただ、「父」という理性の現実態を修辞することによって、可視世界と不可視世界との和合をはかる方便にすぎないのである。

塚本邦雄は、永遠に「父」で「在る」が、父に「成れない」のである。その矛盾は、塚本自身の裡にある。塚本は、父を、エロスの用語としてのみ規定し、その語のもつ宗教的、家族的、教育的、経済的、多くの属性を切り捨ててしまったため、父と側面的にしかかかわりあうことができず、その片恋にのみ自己の美学を賭けざるを得ない宿命にさらされているのである。

塚本の頭の中には、いつも不在の父のかくれががある。塚本は、自己の繁殖力としてのエロスを、どのように方法的に裁断しようとも、結局は、自己の作り出した父の支配を脱け出すことができない。その父を、たとえ「私」の同義語と入れ替えたとしても、である。

頭巨き父が眠りてわがうちに丁丁と豆の木を伐るジャック

少年探偵団同窓会——江戸川乱歩

その頃、東京中の町という町、家という家では、ふたり以上の人が顔をあわせさえすれば、まるでお天気の挨拶でもするように、怪人「二十面相」のうわさをしていました。「二十面相」というのは、毎日毎日、新聞記事をにぎわしている、ふしぎな盗賊のあだ名です。

少年時代の私は、「二十進法」の謎に悩まされていた。怪人二十面相が、十面相でも百面相でもなく、「二十」面相であることの理由がわからなかったからである。

だが、この数字がただの偶然的なものではなく、きわめて重要な何かの暗喩である、ということだけは、私にもわかった。その頃、焼趾のバラックに母と二人で暮していた私にとって、唯一の共通の娯楽は、四球スーパーラジオであった。毎週土曜日の夜には、ギィーッ、と戸の軋むような音がして、アナウンサーが、あかるい福音でもたらすように、「二十の扉！」と、叫ぶと、盛大な拍手が湧き起り、真空管から光が射しこんできた。

それは、ごく平凡なクイズ番組で、二十回だけ質問することが許され、その二十回のあいだに、失なわれた事物を推理し、当てるというゲームであったが、私は「二十回」可能な質問と、怪人二十面相のできる「二十種」の変装とのあいだに謎をとくための、共通の回路が発見できるのではないか、と思ったりした。

だが、私はその回路を発見することは出来なかった。

たった一つのヒントは、昭和「二十」年に戦争が終ったこと、私の父が死んで、私たち母子は路頭に迷ってしまった、ということであった。だが、これらのデータを、どのようにして統合したらいいのであろうか。

江戸川乱歩の、子供の頃に名古屋地方には「ゴミ隠し」という遊びがあった。それは「二人の子供が地面に四角な区画を描いて、ある特定のゴミ、マッチ棒ほどの木や藁の切れっぱしだとか、小石などをその区画の中の土に埋めて隠すと、他の子供が、それを探し出すという、謂わば『かくれんぼ』を極端に縮小した遊びであった」。その遊びのたのしみは、乱歩には、ずっとついてまわり、青年になってからも「私と友だちとは、交互にかくし役にまわり、例えば一枚の名刺を、机の上にかくす遊びをした」のである。

机の上には本や硯や煙草や灰皿などがゴタゴタ並んでいる。乱歩は、たとえば「当時流行していた朝日とか敷島とか口つき煙草の、口の部分の芯になっている厚紙を抜き出して、その代りに、問題の名刺を細く巻いて入れておくというような手を用いた」。あるいは、名刺に一面に墨を塗って、黒いお盆の裏に貼りつけて隠した。

このことは、江戸川乱歩の性向の一面をよくあらわしているように思われる。つまり彼は、子供の頃から「隠す」側に立っていたのであり、すでに与えられていた世界という名の謎、あらかじめ隠されてしまっていた事物の宇宙に、ほとんど興味を示さなかったからだ。

私のかくれんぼの思い出といえば、いつも鬼になって、見えない子供たちを探しまわっていた——ということに尽きるが、乱歩の場合は夕闇の中にすっぽりと自分をかくし、他の子供たちに「さあ、探してごらん」と誘いかけていたのだろう。

探偵小説における「隠し」の構造は、犯人が隠して探偵が探すように見せかけているが、内実は、作者が隠して読者が探すことであり作者がすべての謎の原因になるということである。

ロバート・バーの短篇の場合は、老守銭奴が、莫大な金貨をとかして、のべ金にし、紙のように薄くたたきのばし、これを家中の壁にはりつけ、その上から壁紙を貼ってかくしたし、ディクスン・カーの紹介によるイタリーのメディチ家の殺人の場合は氷片の弓で主人を射って、凶器の矢をとかし、かくしてしまった。どんな小説の場合でも「かくし方」を考案するのは、つねに犯人ではなくて、作者自身である。

義眼のうつろに紙片をかくすルブランの『水晶の栓』のような技巧的なものをへて、作家たちは、やがて「人間をかくす」ことに、熱中しはじめる。それは、すでに想像力による犯罪の領域にふみこんだものである。作者たちは、書物の中で人を殺し、その死体をかくしてしまう。死体を食べてしまうダンセイニや壁に塗りこめてしまうポー、乱歩、雪だるまの中にかくすニコラス・ブレイク、そしてゴミ箱のゴミの中にかくす乱歩。

彼らは、世界という謎の中に、もう一つの謎を仮構し、現実の中に、もう一つの現実をうち立てる。怪人二十面相は、乱歩自身であるから、当然のように、乱歩自身の「自分をかくす方法」も、粋をこらすことになる。

私は人間が書物、本ですね、本に化ける話を書きたいと思ったことがある。

と乱歩は書いている。

『人間椅子』という小説の着想も、変身譚というかたちを借りた「自分のかくし方」である。こうしたことについて、乱歩自身は「人間は、あるがままの自分に満足していない。美男の王子さまや、騎士になりたいとか、美しいお姫さまになりたいというのは、もっとも平凡な願望である」（昭和二十八年「探偵倶楽部」変身願望）と書いている。そこで、騎士や王子から一寸法師、人間椅子まで、さまざまに「化ける」のだが、江戸川乱歩の場合、「化ける」ことは、表現の手段、あらわれ方の手段ではなく、隠蔽の手段、かくれ方の手段だった、というところが特色だったように思われる。

乱歩は、かくれるが、しかし姿を消そうとしているのではなく、かくれた自分を探してもらおうとするのであり、それは「必らず見つけられる」ことを前提としたものであった。だから、乱歩のしかけた謎は、相手を喜ばせることはあっても、困惑させることにはならない。あくまでも、遊びであって、その遊びは乱歩の書物の最後のページとともに閉じられてしまうものに他ならないのであった。

「世界は、これほど謎にみちあふれているのに」と少年時代の私は思ったものだ。「探偵小説家たちが、また新しい謎を作り出そうとするのはなぜだろうか？」と。

実際、謎とは「謎をとく人間」によって作り出されるものであり、乱歩もまた「かくす」側、「謎をかける」側に立っているつもりでいても、内実としては「謎をかける」という虚構を借りて、背後の世界をまさぐりつづけていたのではなかったろうか？ 自らが、謎をとき、かくされたものを探す人間であることをカムフラージュするため、つねに小さなものをかくして空騒ぎし、それを探させることによって目をくらましていた男。その名前さえも、エドガー・アラン・ポーの名でカムフラージュしていた男。私には、彼自身の謎よりも、彼が解こうとして解きそこなった謎の方に、より魅かれる。
ボルヘスは、彼の『不死の人』の扉に、

「地上ニハ新シキモノナシ」。プラトンが構想したように「アラユル知識ハ記憶ニスギナイ」のだ。それ故、ソロモンは言う。
「アリトアル新奇ナルモノハ忘却サレタモノニ外ナラヌ」

ソロモンは言う。

と、フランシス・ベーコンの句を引用しているが、乱歩もまた、事物の存在そのものがすでに先験的な謎である、ということを見ぬいており、ただ、「ときあかせなかった謎は、謎ではない」という立場からのみものを言った作家であった。
だから、彼は常識人を偽装し、空とぶ円盤や超自然現象、テレパシーなどを笑いとばし、日常的な現実原則と、幻想された謎の世界を、外見的にはきっぱりと区別しているようなふりをしていた。たとえば『押絵と旅する男』で、
この話が私の夢か、私の一時的狂気の幻でなかったら、あの押絵と旅をしていた男こそ狂人であったに違いない。

と書き出すのだが、実際にはこれは乱歩の夢でも、一時的狂気の幻でもなく、理性の産物、言い換えれば乱歩の常識によって書き綴られた物語なのであった。

同じように、乱歩はしばしば「作者の私が吐き気を催すほど」とか「とても常識では信じられない」とか「なんとも知れぬ戦慄をば、感じなすったのではないでしょうか」などと書くが、それは観察している第三者の中に、かくれているのであって、乱歩の本音でもなければ本性でもない。彼は、怪奇幻想に彩どられた「机の上」に、一枚の名刺をかくすように、謎をかくし、できるだけ長く、それが解かれぬように、さまざまのデマを流し、読者を混乱させる。その本質は、納屋にかくれたかくれんぼの少年が、鬼から「見つかりたくない」という気持ちと「早く見つけられたい」という気持の矛盾に、息をこらしているのに似ている。

江戸川乱歩の小説は、どうやら老童貞のエロチシズムといった趣きをもっているが、その底流には比類のない人なつこさがうかがわれる。それは、ボルヘスのように、一度入ったら出てこられぬ迷路などではなく、入口は必らず出口へ向うお化けの花屋敷なのだ。

乱歩は、いつも大声のボーイソプラノでその奥から「もういいよ」と、百万大衆であるかくれんぼの鬼に向って呼びかける。だが、見つけ出してみると、声のように美しい青年ではなく、あんまり長くかくれすぎてしまった老残の童貞があらわれるのだ。

私は「少年探偵団」に入って、明智小五郎おじさんに、校庭の桜の木の下でおかまを掘られた中学生であったが、今は足を洗って、再生したのである。もう、だまされないよ。江戸川乱歩のしかけた謎の虜などになっていたら「鳥ばかり見ていて、背後の空の大きさを見落してしまう」（三好達治）ことになってしまいます。

II　旅役者の記録

旅役者の記録

子供の頃に「鉄の胃をもつ男」というのを観たことがある。

彼は小学校の講堂で、われわれに剃刀《かみそり》の刃を飲む実演を見せてくれた。村の空地には「人間ポンプ」という怪人もやってきたし「超人火を吐く男」という兄弟もいた。恥ずかしいほど多毛症の「熊娘」。死んだ姉によく似た「ロクロ首」。そして、なつかしいドサまわりの「旅芝居」の一座。一体、彼らはどこへ姿を消してしまったのだろうか？　もし、彼らに再会できるならば、そこには私の子供時代もまたひっそりと身をかくしているのかもしれない。

その頃、年老いた叔母のすすめで聖書を読まされたが、ヨブ記の第二十四章にあった「夜、家を穿つ者あり、彼等は昼は閉こもり居て光明《ひかり》を知らず。彼等には晨《あした》は死の蔭のごとし、是死の蔭の怖ろしきを知ればなり。」

という一節は、今でも覚えている。
これら多く見世物、猿芝居（under show）の幻影は、久しい間私の心の中の失われた「家を穿」ちつづけ、子供時代への回帰をうながしつづけてきたのである。

旅役者というと、秋の七草を思い出す。
なぜだか知らぬが、はぎ・おばな・くず・なでしこと並べてゆくと、少年時代に観た市川昇一座のことを思い出すのである。私は市川昇一座の芝居を三度観た。演し物は三度とも『石童丸』であった。私は三度目には、この中古の宗教説話を脚色した田舎芝居のさわりの部分をすっかり覚えてしまって、一人で口ずさむことができるようになってしまっていた。
「父ぞと思ふ人はなく三日二夜は早過ぎぬ。麓の母を案ずれば、後に引かるる心地して、松吹く風の音までも、母の声かと疑はれ、
ほろ〳〵と鳴く山鳥の声きけば
父かとぞ思ふ母かとぞ思ふ」
というのである。
市川昇一座は鰊場の空地の中将湯の看板のある場所に小屋掛けしていたが、その色あせた何本かの幟が曇天にひるがえっている様子は、見世物というよりは華やかな悪夢といっ

た感じであった。当時の私は父と死別し、母一人子一人であったが、母が生計のために私を他家に預けて筑紫の方へ「働き」に行ってしまっていたのである。近所に住んでいた大工の棟梁は、小学生の私をつかまえて「可哀想だが、おまえの母ちゃんはもう帰っては来るまいぞ。」

と教えてくれたことがある。

私は棟梁の言うことの意味がよくわからなかったが、何でも私の母は筑紫の方にも家があって、そこにも「もう一人の私」がいるということなのであった。私は小学校を休んで、市川昇一座の『石童丸』を観に行き、芝居のクライマックスのところでは便所の中へかけこんで泣いた。それは、父をたずねて高野山にのぼった石童丸が、意を果たせぬままに帰ってきてみると、たった一人の母が死んでしまっている……という場面なのであった。そして、

「泣く泣く山を下りつつ、母に告げんと来て見れば、哀れなるかな母上は、石童丸を待ち兼ねて麓の野辺に枯れ残る、草葉の露と消え給ふ」という韻律が私をとらえてはなさなくなり、私はいつしか七・五調でものを書くことを覚えたのである。

今から思うと、この芝居は並木宗輔の義太夫節『苅萱桑門筑紫轢』を薩摩琵琶風にではなく歌謡曲風にダイジェストしたものだったのに違いないのだが、その日常離れのした台詞まわしといい、あきらかに書割とわかる大道具といい、すべて私には悪夢の道具立てと

して十分すぎたのであろう。

私は小屋前のみすぼらしい幟のかげにピンナップしてある何枚かのブロマイドの中から、とくに石童丸の母になる役者のものを探しだし、それを毎日観にゆくようになった。現像が甘く、すっかり黄ばんでしまっているそのブロマイドは、私の母とは似ても似つかぬ色白の顔をしていたが、どことなくさびしそうで、この人は案外私のことを何もかも知ってくれているのではないか、と思われたのである。一座が小屋をたたんで次の巡業地へ発つという日、私は意を決めてその役者市川仙水に逢いに行ってみた。小屋の裏へまわって洗濯物を干してあるところから楽屋口へまわったところの暗闇で、一人のモモヒキに胴巻きだけの男が、洗面器で目を洗っていた。

男はトラホームに罹っているらしく、目が真っ赤に充血していて、水を代えては何べんも何べんも同じことを繰り返していた。

私は訊いた。

「市川仙水さんに逢いたいのですが。」

すると男は顔をブルブルッと振って水をきって、

「何の用だい。」

と言った。

私は俯向いて小さな声で言った。

「ただお逢いしたいんです。」

男は、その私の顔を不思議そうにじろじろと見まわしながら、

「市川仙水はワシだよ。」

と言った。

私は吃驚して男の顔を見た。

それは石童丸の母の顔とは似ても似つかぬ雀斑《そばかす》だらけの脂ぎった顔であった。しかも小男のくせに顔だけが大きく、煙草のヤニくさく、眼は洗っても洗ってもとれないほど赤く濁っているのであった。「ワシが女でないから、驚いてるだね。」

と仙水は言った。

「これでも、女の声を出すのが商売だからね。」

そして胴巻きの間から汚れた古手拭を引きずり出すと、洗った顔をごしごしと拭いて大声で哄笑するのであった。

私はこの地獄を「お母さん」と呼ぼうとしてやってきたことを後悔した。

そしてそれきり、旅芝居というものを観なくなってしまったのである。

女形の毛深さ

私のはじめて見た「女形」は、歌舞伎役者ではなかった。

だが、彼の演技は私の少年時代を見事に歌舞伎に変えてしまうほどのものであった。

青森市浦町の線路際の二階家に、私の小学校の同級生の竹馬という男がいた。竹馬は、母ひとり子ひとりで、私と境遇が似ていたので、われわれは家族ぐるみで交際していた。

竹馬の母親は松江という名だったが、近所の人からはお松さんと呼ばれて、働き者と評判であった。ところが、そのお松さんがある夏の日に踏切事故で突然、死んだのである。

われわれが、学校から帰ってくると、竹馬の家の前に救急車が止まっており、野次馬が一杯あつまっていた。大急ぎで、二階にあがってみると、すでに息をひきとったお松さんの顔の上に、白い布が一枚かけられてあった。

突然、竹馬が大声で泣き出した。しかし、私はそのとき、かけられた毛布からはみ出しているお松さんの足の毛深さの方に目を奪われていた。やがて、驚くべきことが起こった。看護婦が、死体の上にかけてあった一枚の毛布をめくると、着物の裾の乱れから、お松さんの下半身の裸が見えて、そこに「お松さんにある筈のないもの」が見えたのだ。私は、目まいがしそうになった。お松さんは、お母さんではなく、お父さんだったのだ。

だが、なぜお松さんはお母さんに化けたりなどしていたのだろう。

あとになって思えば、お松さんの女装は、お松さんの変身願望であるよりは、処世の知恵なのであった。ひとり息子を育てるために、母親を演じ、世間までも欺きつづけて、女で通してきた十年余の歳月は、そのままお松さんの大東亜戦争への反動であったのだろう。

そうこうしているうちに空想は、事実を追い越し、いつのまにか私を迷路に封じこめてしまい、私の少年時代は虚構の闇に閉ざされていった。そしてその年、空襲があり、青森市は全焼し何もかもが、そこで幕切れとなってしまった。

十八の年に、私ははじめてほんものの歌舞伎を観た。歌右衛門の『道成寺』であった。それは、歌右衛門が芝翫から六代目を襲名して以来、最初の『道成寺』で、当時としては評判のものであった。

だが、私は舞台の上に歌右衛門ではなく、死んだお松さんを見ていた。すべての謎ときの鍵が、歌右衛門の『道成寺』の中に、潜んでいるように思われたのである。

歌右衛門は、決して女になり切ってはいなかった。と同時に、お松さんもまた、女になり切ってなどいなかった。女を演じていながら、男である自己の中心を喪失するまいとしているのではなく、また逆に、女を演じていながら、自己の脱け殻としての男をふりかえろうとしているのでもない。男と女に分離しようとする二様の精神を、肉体の仕草のなかで統一しようとする苦しみが、彼らの虚構を支えていたのである。

歌舞伎では、二枚目は片足を女方の内輪あるきに、もう片足は男らしくまっすぐに、という口伝があり、そうした両性具有が、私をつよく魅きつける動機になっていたことも、たしかである。

「お松さんの場合は」と、私は思った。竹馬の父としての実体と、竹馬の母としての虚構の葛藤が、そのまま「家」をささえる原動力となっていった。

一人でドラマを生成しなければならぬとき、人は誰でも対立と葛藤の相手を自分の内部に求め、分裂し、「片足を女方の内輪あるきに、もう片足はまっすぐに」せざるを得なくなる。だが、そうすることによって、自己の肉体存在の偶然性は、さまざまに組織され、「劇」をはらむことができるのである。

両性具有の悲劇は、他人を必要としないということである。歌右衛門という名優は、社会的には、一人の中年男であるにすぎなかった。

だが、同時に、舞台では一人の美しい娘であることを忘れることもできなかった。そして、中年男はこの美しい娘と結びつこうとして、どんな男女の仲よりも密接に、一つの肉体の中における一体化を試みた。しかし、いくら試みても、二人の関係は互いに彼岸にあって決して結合することなどできるはずのものではなかった。

非力な人間ほど、神に近づこうとする。古代ギリシアの衣裳交換儀式も、現代の女装癖のある国家公務員も、その根底には、部分的存在でしかない非力者としての自覚が読みとれるのだった。知りたい、ということは部分から全体へと志向する心の動きで、神に近づきたいという欲望のあらわれに変わった。当然、「女の着物を着て妻を迎える花婿」（コス島）も、「頭を剃って靴をはき、男の着物を着て、寝台で婿を待つ花嫁」（スパルタ）も、結婚以前の若者の非力さと不安の反映でしかなかった。

アンドロギュヌスは、結果ではなく手段であった。

おそらく、賤民の芸として生まれた歌舞伎の「女形」も、そうした願望の形象化であり、きわめて類感的呪術的な社会感情の反映であったのだろう。

アンドロギュヌスを目ざす人びとは、男または女を「超越」しようとしているのではなく、ほとんど賭博者のように、「知りたい」と思いつづけた人たちなのであった。

女形の存在を、アンドロギュヌス願望としてとらえようとするならば、おそらく歌右衛門の『道成寺』などは、そんなにいい例ではないだろう。むしろ、弁天小僧などのように、屋敷娘としてあらわれ、ひらき直って男にもどる瞬間のある劇の方が私は好きである。私自身もまた、天井桟敷《てんじょうさじき》の演劇の中で、随分さまざまの「女形」を使ってきたが、中に必ず「両性」の分離による場面を設け、アンドロギュヌス劇の手の内をあかしてしまうのが好きであった。

それというのも、少年時代の竹馬の言ったことばが忘れられなかったからである。

「なあ、竹馬」

と私は言ったものだ。「おまえの母さんは、ほんとは父さんだったんだぞ」

すると竹馬は、至極当然のように答えた。

「そんなこと、はじめから知っていたよ」

おどろいて私はきいた。

「それで、どうして知らぬふりしていたんだ?」すると竹馬はにっこり笑って答えたものだ。

「片親よりも、両親がそろっていた方がいいじゃないか」と。

サーカス

「鏡には、墜落への誘惑がひそんでいる」と、私は思った。

一枚の鏡をじっと見ていると、私はその底の暗黒に吸いこまれ、墜落してゆくような目まいを覚えるからである。そこで、墜落しないために、どうするか?

「二枚の鏡を合わせて、そのあいだに立つのです。すると、鏡はそこにうつっている人物を相互に無限にうつしあうので、人物はどっちの鏡の底へも墜ちてゆけずに、鏡と鏡のあいだで宙吊りになる」

これは、私の新作戯曲『疫病流行記』の中での台詞であるが、二枚の鏡のあいだで宙吊りになって必死で立っている一人の男のイメージは、そのまま綱渡りをしているサーカスの男のイメージとして私をとらえて離さない。日常の現実のサーカス、そして向きあう二枚の鏡は理性と狂熱、手と言語、影と実体、方位、ほんものとにせもの、記憶と現在、に換喩されるからである。

子供時代の私は、サーカスが好きだった。しかし、どさまわりのサーカスでは天幕が小さく、空中ぶらんこなど、見たこともなかった。

せいぜいが、綱渡りか曲馬、足芸にすぎず、ほとんど旅芸人の一行と変るところがなかった。

だから、空中ぶらんこをはじめて見たのは、大人になってからである。

「空中ぶらんこを見にくる人たちは……」

と、私を木下サーカスに連れて行ってくれた伯父は言った。

「人間が墜落するのを見にくる人たちなのだ」

その伯父は神田の眼鏡屋をしていたが、戦争で腰に散弾をくらって性的不能者になっていた。「宙に身投げした女を、ぶらんこにつかまった男が空中でうけとめて救ってやる見事な芸を見にくる、なんてのは表向きのことでね。実際は、男の手がすべって女が墜落し、地べたに叩きつけられて蛙のように潰れて死ぬのを見にやってくるのさ」。

伯父は、空中ぶらんこの見事な芸に見とれている私にそう「解説」した。「だから、ごらん。空中ぶらんこの手と手が宙で見事にむすびついていて、事故がなかったとき、観客は皆、拍手しながら、ありありと失望を顔にうかべているのだよ」。

空中ぶらんこの、とびこむ女を「身よりのない身投げ女」、うけとめるぶらんこ男を、「物好きな救済者」に、それぞれ換喩する眼鏡屋の伯父のサーカスの見方は、独特のものであったが、伯父の心情をそのまま反映しているようで、なぜか悲しかった。その頃、伯母は伯父に内緒で、間借り人の大学生と密通しており、伯父はそのことを悩んでいたのである。

私を、サーカスに連れていってくれた年の秋、伯父は発狂して、死んだ。赤い腰紐で首をくくり、ゆあーんと宙に吊られた伯父の死体は、うけとめ手のいない空中ぶらんことは、無縁ではなかった。私は、伯父と伯母とのあいだで、大きく揺れている自分を感じた。

なぜなら、伯母と通じている「間借り人の大学生」というのは、実は私のことだったからである。

　　幾時代かがありまして
　　　茶色い戦争ありました

　　幾時代かがありまして
　　　冬は疾風吹きました

　サーカス小屋は高い梁
　　そこに一つのブランコだ
　見えるともないブランコだ

中原中也は空中ブランコの音を「ゆあーん、ゆよーん、ゆやゆよん」と描写している。一体、「ゆあーん、ゆよーん、ゆやゆよん」というのは、ブランコの紐のきしむ音か、天幕の中の暗闇の揺れる音か、私にはわからない。劫々と更ける夜。空中ブランコを、落傘奴のノスタルジアと書いた中也は、空中ブランコのとびこむ側に同時代人たちの心情を托したのかも知れぬが、私には、ただ、ゆあーん、ゆよーん、ゆやゆよんという音だけが死んだ伯父のイメージと重複して、いつまでも私の頭を去らないのであった。

　空中ブランコがはじめて考案されたとき、おそらくブランコ師たちは、彼らの信頼を見世物化しようと考えたのであろう。サーカスの起源、空中ブランコの歴史から全く離れて、勝手に解釈すれば、それは天涯の空中でむすびあう手と手の熱情である。片方が、手をはなせば、忽ち死ぬ。

しかし、「手をはなす」ということは、いかなる理由でもあり得ない、というのがブランコ師たちの信頼のナルシズムともいうべき確信である。

一台のブランコから両手をパッと離して宙にとぶのは、(体重の軽さというサーカスの物理学のせいもあって) 多くの場合、女である。

そして、それをがっしりと受けとめる二本の手は、(これも腕力の強さというサーカスの物理学のせいもあって) ほとんど男である。一切を捨ててとびこんでくる女と、それを手で受けとめてやる男、孤立無援の宙、そして二人のなりゆきを「鰯の咽喉」を鳴らして見上げている観客という名の世間。

これは、まさしく通俗メロドラマの比喩であって、手垢まみれの評釈であろう。だが、愛する女を扉の前に立たせて、その全身のまわりに短剣を投げまくる芸と同様、空中ブランコもまた「信頼の見世物化」以外の何ものでもない、というのが、伯父によって導かれた私のサーカスの論理である。そこでは、ブランコの遠近法、綱渡りの(二枚鏡の)宙吊り、といった形而上性とはべつの、どろどろした人間同士の葛藤だけが際立っている。

「信頼を見世物化しようと思い立ったときから、芸人は当然、裏切りの見世物化も考えた筈だ」

と私は思った。

空中ブランコのうけ手の側は、ショーの最中に、手をはなしたいという誘惑に、どれほどかられることだろう。目をひらき、にっこりとほほえみ、全身を宙に投げ出してくる一人の女の信頼は、手なれてくればくるほど疎ましく思われるというのが、日常の現実原則の中での愛情の論理である。十年ほど前に、コニーアイランドの小さなレストランで、「もと空中ブランコ師」で、今は棒つきキャンデー売りをやっているハサウエイという中年の男が、話してくれた体験談は、今でも忘れることができない。

「その頃、俺はシンシナティの空中ブランコでは随一の腕っぷしを誇っていた。妻のキャサリーンの体をロープ一本で、宙吊りにしたり、ぐるぐる回転させたりしたもんだった。勿論、俺はブランコに乗りながらだよ。妻のキャサリーンは俺を信頼しきっていて、どんな危険な新アイディアにでも応じてきた。勿論、夫婦仲もとてもうまくいっていて、何一つ問題はなかった。

ある大入りの日曜日のショーの夜、俺は、宙で一回転してとんでくるキャサリーンをうけとめる手を、突然引っこめてみようか、と思った。べつだん、理由はなく、ただそう思っただけだった。まあ、魔がさしたというかね、そう思ってみただけで、あとですぐ後悔したさ。

ところが、その日、俺は本番の最中にとんでくるキャサリーンをうけとめようとして、自分の手が一瞬こわばるのを感じた。あわてて手をのばしたとき、キャサリーンの手のひらが俺の手の背をすべって、あっというまもなく墜ちていくのが見えた。わざとではなかった。俺は真剣だったが、失敗したのだ。俺は、本番前の一寸したいたずらっ気のことを思い出して、胸がはり裂けるほど後悔した。全く、あんなことを思いつきなどしなかったら、ただの事故として、もっと早く忘れることも、立直ることもできたんだ」

それから、ハサウエイはアルコール中毒になってにごった赤い目を私に向けて言った。

「新聞は、俺のことを激しく叩いた。おどろいたことに、見出しはこうだった。嫉妬に狂った夫、空中ブランコで妻を殺害！　俺は、何のことだかわからず、途方にくれた。新聞にのっているキャサリーンの写真を見てるだけで、涙が出てきて止まらなかった」

それから、ハサウエイは目をこすった。

「あんなことがなければ、知らなかったことだが……」

私は、ハサウエイが泣いているのがわかった。

「妻のキャサリーンには、当時、俺のほかに愛人がいたのだったよ」

空気女の時間誌

少年の頃に見たサーカスの一座の人たちは、「一人で一つずつ、時計を持って」いた。私は、一座の空気女に、「皆が自分の時計を持ってたら、喧嘩になるでしょう」と訊いたことがある。空気女は、不思議そうな顔をして「どうして？」と訊き返した。私は「だって、誰の時間を信用すればいいか、わからないもの」と言った。しかし空気女は、どの時間も争うことはない、と教えてくれた。時間は別々の軌道を持っているので、衝突することはない、と言うのである。

その夜、家に帰ると私は母に腕時計をねだった。しかし母は、わが家で唯一の時計である「柱時計」を指さして、

「時間はね、こうやって、大きい時計に入れて家の柱にかけとくのが一番いいんだよ。みんなで同じ時間を持つことができるから、しあわせなんだ」それから、私をたしなめる目

になって「腕時計なんかに入れて、時間を外に持ち出そうなんて、とんでもない考えだ」と言うのだった。

売りにゆく柱時計がふいに鳴る横抱きにして枯野ゆくとき

柱時計が「家」のトーテムである場合、腕時計は「家」からの脱出願望の比喩である。腕時計の時間を、日常の中の非現実として把えるか、それとも日常を一段と深化し、細分化した個の内面の反映と考えるかは、それぞれの自由だが、少年の私にとって、腕時計はともかくも、サーカス一座のような旅と同義語として把えられたのであった。つきつめてゆけば、柱時計＝家は時針によって支えられ、サーカスの一座は秒針によってめまぐるしく個の内面を一巡してもどる。ともに六十進法の道化師たちの遠い祭のさざめきのように私をとらえ、それが私の文学、映画、演劇の核となっていたのかもしれない。

家出するとき、私は柱時計を荒縄でしばって、「一つの時間」におさらばした。

天に鈴ふる巡礼や　地には母なる淫売や
赤き血しほの　ひなげしは
家の地獄に咲きつぐや

柱時計の恐山
われは不幸の子なりけり

「家」の柱時計の、一時間置きに鳴る点鐘をききながら少年の私は、「嘘をつく」時計のことを空想したことがあった。

一時なのに、七つ打ったり、五時なのに十二打ったりする時計。昼と夜を倒錯させてしまう時計の夢想である。

それは、しばしば数の呪いをこめて、二、五、九とつづけて打ってジ、ゴ、ク〈地獄〉となったりすることもあった。一時のつぎが五時、そして六時、四時で、一、五、六、四のヒト、ゴ、ロ、シ〈人殺し〉である。

真夜中に、チェスタートンの推理小説を読んでいると、十二時を打つ。「ああ、もう十二時か」と思いながら読みつづけていると、一時間ほどたって、また十二時を打つ。

そして一時間後にまた十二時、小説は大分読みすすんでいるのに、十二時がいつまでも繰り返される恐怖感。あるいは、ある夜鳴り出したら十二時をすぎても鳴りやまず、十三、十四とふえてゆき、百、千、万といつまでも鳴りつづけているために、その数をかぞえながら、人びとはみな老いて行ってしまったという幻覚。

針箱に針老ゆるなりもはやわれと母との仲を縫ひ閉ぢもせず

そういえば、私は「時計恐怖症」の男の話を書いたこともある。

ちかごろ、自殺はかりたる男、わけを訊きたれば時計はおそろしと云ふ。古き柱時計に首縊りたる老母の屍の、風に吹かるる振子におのが日日を刻まるるは、ただ、おぼつかなし。さればとて、ひとの決めたる「時」にて、おのが日日を裁断さるるはゆるしがたく、みづから時計にならむとはかりぬ。

地上に円周をゑがきて、その央ばに立ち、日におのが影を生ませてそれを針として、人間時計の芯となりたれば、正確なることこの上なし。連日ただ時を守るのみにて無為に時をすごすことを喜べり。されば男、ふたたび時に遅るることはなかりきと言へり。

死の日よりさかさに時をきざみつつつひに「現在《いま》」には到らぬ時計

男、鳩のごとく啼くこともなし

時計の音と共に散佚してゆく「時」は、作り変えの利く偶然性を内包して、常に二度目の出来事を惹起する。

「人体はみずからぜんまいを巻く機械であり、永久運動の生きた見本である。人体は時計、しかも巨大な時計であり、非常な技巧と数寄を凝らして作られている」と言ったのは、十八世紀のフランス唯物論の、もっとも尖鋭的な哲学者、医師のジュリアン・オフレイ(『人間機械論』の著者)だが、私は「時計恐怖症」の男を書くことによって、自分もまた一個の時計化しようと試みたのであるかもしれない。

腕時計の時間は、固有の時間のように見えながら実は歴史時間の補完物である。「時」から、ほんとうに逃亡しようとしたら、自らが時計と化し、「記述されたことだけが歴史なのではなく、記述されなかったこともまた、歴史の裡である」ことを永久に目撃しつづけるしかない、と言うこともできるだろう。

時計に憑かれた男を描いたヴェルヌの『ザカリウス親方』には、次のような章句がある。

——機械が一人で動いて時を量るなんて、おかしいのよ。日時計だけを使っていたらよかったのに。

——日時計だって！　恐しい。あれは、カインの発明さ。

童謡

子供の頃、「死ぬ」と言えずに「死む」と言っては、叱られた。しかし、いくら叱られても、私にとって人生の終りは、「死む」であって、「死ぬ」ではなかった。

へんなもので、こうした思い込みは、私が大人になってもついてまわり、画家のモジリアニは、モリジアニ、ポラロイドカメラはポロライドカメラ、くっつくことは、つっくくことと言い直されたのだ。

こうした間違いはやがて意識的に方法化されるようになり、詩歌の創作に及ぶようになった。私は靴でも修理するように啄木や白秋の歌をおぼえ違え、つくり直し、そして自分のものに偽造してしまったのである。

本当のことを言うと「贋作《がんさく》つくり」の愉しみが、私にとって文学の目ざめだったのである。

私はあらかじめ与えられたものではなく、自分の手を加えて完成したものだけが、「自分の文学」なのだと信じ、贋作をつくっては、自分のノートにしまっておくようになった。

ここでは、その中の一つの童謡を、紹介することにしよう。

「赤い鳥」という唄である。

赤い鳥小鳥
なぜなぜ赤い
赤い実をたべた赤い実をたべた

この唄を、私に教えてくれたのは、酒場のホステスのまゆみという女であった。私は、この唄を二、三度うたっているうちに、例の贋作病がむくむくと頭をもたげてくるのを、我慢することが出来なくなった。

赤い実というのは一体、何の暗喩なのだろうか？　この唄はもしかしたら社会主義革命の唄ではないだろうか？　それとも「朱に交われば赤くなる」という教訓をおしつけているのだろうか？　いずれにしても、裏に何か物語が隠されてあることは間違いない。

私は、同じ節まわしで唄ってみた。

赤い鳥小鳥
なぜなぜ赤い
お酒を飲んだ
男にふられてお酒を飲んだ

これだけではどうも、もの足りない。そこでさらにつけ加えてみることにした。

赤い鳥小鳥
なぜなぜ赤い
返り血あびた
男を刺して返り血あびた

すると、この童謡は何だかとても恐ろしい唄のような気がしはじめた。あどけない童謡の背後にも、こんなやるせない傷害事件が隠されていたのだ。

たぶん、この唄をうたうには、まだ十年早いだろう——と私は思った。

ところで、私にこの童謡を教えてくれた酒場のまゆみさんは、今頃どうしているだろうか。

あれから一年後に男を諦めて故郷へ帰った、という噂は聞いた。しかし今でも「赤い鳥」を唄っているかどうかは、誰も私には教えてくれなかったのである。

手相直し

生命線ひそかに変へむためにわが抽出しにある一本の釘

子供の頃、じぶんの生命線がみじかいと人に言われて、釘で傷つけて掌を血まみれにしたことがあった。

しかし、ほんの少しばかりの釘で彫った肉の溝も、傷が癒えると共に消えてしまい、私の生命線は、やっぱり短いままであった。

生命線ばかりではなく、知能線も短かったし、運命線に到っては、あるかなきかの如くであった。

私は、自分の掌を見つめるたびに、将来を怖れたものだ。その頃、私の村と山一つへだてた隣の村に「手相直し」のおじさんがいるということをきいた。

噂では、白髪のおじさんで、貧弱な手相の持主に神託を書いた紙片をにぎらせたまま三日三晩手をひらかぬようにさせて、手をひらいたときには手相が変わってしまっているというのである。

私は、そのおじさんに逢いに行きたいと思った。

しかし、謝礼を五百円取られるときいて、おいそれと訪ねる訳にはいかなかった。小学生の私にとっては、五百円というのは大金であったし、父に早く死なれた貧しい母子暮しでは、そんなことに金を使うことなど、到底無理なことだとわかっていたのである。

それでも、私は考えていた。「母子二人で、こんなみすぼらしい生活を強いられているのは、きっと手相のせいなのだ」と。

私は、手相直しのおじさんに逢うためには少々の犠牲も止むを得まい、と決心した。

売りにゆく柱時計がふいに鳴る横抱きにして枯野ゆくとき

風呂敷に柱時計を包み、汽車で二駅行った小さな町の質屋で、五百円借りようと思ったのは、今から思えば彼岸の中日であった。

北国特有の、鈍い曇天の下を、私は柱時計を横抱きにして、母に見つからぬように、家を抜け出した。悪霊に発育をさまたげられた、十一歳の手相を修正するために。

だが、町の質屋では柱時計の入質をうけつけてくれなかった。喘息《ぜんそく》病みのゼンマイと、型の古い明治の柱時計では、とても五百円など貸せない、というのである。

私は途方に暮れ、手相直しのおじさんを訪ねるのを、あきらめる他はなかった。

思えば、運命は偶然的だが、偶然のすべてが運命によって決定されるという訳ではない。石童丸愛読の母恋い少年も、今では自分の手相の長さを追い越して三十歳を越えてしまったのである。

それでも、私はときどき自分の掌を見つめていると、侘しくなってくることがある。J・P・サルトルは「存在は本質に先行する」と言ったが、私にとって手相とは、存在なのだろうか、本質なのだろうか？

口寄せ

死人と話ができるなどということは、信じられなかった。

だが、恐山《おそれざん》にはじめて登ったとき、私は巫女《いたこ》の口寄せをまのあたりにみて、

「死んだ人の口を寄せることもできるのだ」

ということを了解したのだった。

恐山の巫女たちは盲目の老婆であり、農繁期には農業をしており、閑になると霊場へやってきて、死者たちとの会話をとりついでくれた。

どんよりと曇った北国の空の下に、恐山の岩山がそびえたっている。その絶頂に行李《こうり》の蓋《ふた》をふせ、巫女は数珠《じゅず》を使いながら、呪文のようにきまり文句を唱えはじめる。

〽これはこの世のことならず、死出の山路のすそ野なる、さいの河原《かわら》の物語

というやつである。

少年時代、私は口寄せしてもらって死んだ父と話した。父は、ごくありきたりのことしか話さなかったが、それでも私は満足した。巫女は、死んだ父が「乗り移った」ときから、男ことばになり、父になって私を説教したりしたが、それは声色などというものではなく、まさに「口寄せ」なのであった。人によっては、口寄せには二十四通りのパターンがあり、巫女は、相手の境遇や死者の状況によって、そのなかのどれかひとつを「演じてくれる」だけだというのだが、私は霊的なドラマツルギーもまた出会いのひとつであると思っていたので、じゅうぶんに満足したのだった。

以前は五十円だった口寄せ料も、いまでは八百円に値上がりし、巫女たちもマスコミずれして、節まわしを工夫したり、小節をきかせたりするようになった、という人もいるが、それは、意地悪な言い方というものである。

近ごろでは、客の方も、死者との対話の厳粛さを忘れて、ハンフリー・ボガートの口寄せしてほしい、とか、堕胎したわが子の口寄せしてほしい、などといって、巫女を困らせているのである。

そういえば、私がはじめて恐山へ口寄せしてもらいに行ったころに不思議な事件があった。若い夫が死んだ妻の口寄せをしてもらったのだが、巫女に乗り移った妻が、

「私のほんとに好きだった男はあなたではなく、隣の正造さんだった」と言ったため、夫はかっとなって、死んだ妻のつもりで、盲目の巫女の首をしめて、殺してしまったのである。悲しい事件だったが、この「信じすぎた夫」は重罪の科をうけて、網走《あばしり》送りになってしまった。

夫は警察で「おれは、死んだ妻の首をしめただけだ」といったが、首をしめられたのは死んだ妻ではなく、巫女だったのである。

私はいま、この原稿を恐山の宿で書いている。二十年ぶりに登った霊場はもうすっかり秋である。死人の友達がいないのは、いささかさびしいことだ、と私は思った。しかし、死人の友達を必要としていることの方が、もっとさびしいことなのである。

影絵

私は、私の影を集めている。

そう言うと友人は、大抵、

「へえ、どうやって?」

と、おどろいた顔をする。

影を集める、と言っても、影は光が消えると失くなってしまうものなので、持ち運んだり、保存したりできる訳がないからである。

しかし、私の場合は、月の光や電燈のあかりで影ができると、そこに黒い羅紗紙を敷き、影の形を切り抜くのである。

切り抜かれた影は日付を書きこまれ、「日記」のかわりに保存される訳だが、その時どきによって長髪の影もあれば、短い髪の影もあり、外套《がいとう》を着た影もあれば、シャツ一枚で小脇《こわき》にノートをもった影もある。どの影も、かがみこんで、影を縁どるポーズに劃一化されているが、それでも固有の表情をもっているところが、私の好みにあっているのである。

少年時代に、岡本綺堂の『影を踏まれた女』という短編を読んだことがあるが、そこでは、自分の影を他人に踏まれたら一年以内に死ぬという迷信を信じている女が月夜に影を踏まれて発狂し、光のあるあいだは一歩も家から出ないという話が書かれてあった。

実際、影占いとか影憑《つ》きとかいった影のフォークロアも、いろいろあって「影の歴史」の考察も、興味深いものなのであるが、私の影の切り抜き保存は、ほんの日記ほどの意味で、それを越えるものではない。それでも、じぶんの影が百体以上もたまってみると、影についても、いろいろ考えてみない訳にはいかなくなるのだ。

大体は影といえば、実体があるのが相場だが、実体がないのに影ばかりある光景というのもある。高松次郎の影シリーズの画などは、それであって、彼は人のいない壁やパーティーの終わったロビーに、ある日ある一日にうつっていた影だけを描述してしまうのである。そして、本人がいなくなってしまっても壁には、影だけが残っている、という非在の記録を通して、人間に「時」の意味といったものを問いかけるのである。

十年も、影ばかり描きつづけているのを見ているうちに、私は高松次郎自身の影にも興味をもつようになり、彼の影も切り抜いて保存してある。なかには、本体が影で、影こそ本体なのだというフレドリック・ブラウンの小説のような話もある。本人をピストルで撃ってもビクともしないのに、影をピストルで撃ったら死んでしまったという奇怪譚を読んで私は大笑いしたこともある。

ときどき、私の動きより少しおくれる影（ヴィデオの再生装置のように、ほんの数秒おくれでついてくる）とか、私の動きより、少し先をゆく影とかがあったら面白いだろうな、と思うこともある。

私より少し先をゆく影が不意の死とぶつかる。しかし、本体はまだ死にたくないので捲きこまれまいとして葛藤する。切りはなそうとしても、どこまでもついてくる私自身の「影からの脱走」——人生なんて、案外そんなゲームなのかも知れない。

にせ絵葉書

アムステルダムの港町の小さな古道具屋では、いろんなゲテモノが売っている。剝製《はくせい》の犬や刺青《いれずみ》した船乗りの皮膚を額におさめたもの、死んだ家族の写真や使えなくなったドアの把手《とって》、そして壜詰《びんづめ》の鷗《かもめ》まである。

しかし、なかで私の好きなのは古い絵葉書である。

船乗りが港々で知りあった女にあてて出した絵葉書が、数十年前の消印を押されたままウインドーにかざられてあるのを見ると、なぜか心をそそられるのである。

まだカラー写真のなかったころの絵葉書は、大抵、インクで人工着色したものだが、長い間に色あせて異様な色彩になったりしているし、インクもにじんだり、変色したりしている。ロマンスの主たちも、とっくに死んでしまったか、引退して孫たちにとりかこまれ、若いころの一夜妻のことなど、すっかり忘れてしまっていることだろう。だが、絵葉書だけは「愛している」とか「逢いたい」といったきまり文句と共に、いつまでもウインドーにかざられ、旅行者の目をたのしませているのである。

最近ではニューヨークのソーホーに、絵葉書専門店というのが出来て、使用済みの絵葉書ばかりをならべているが、これが飛ぶような売れ行きで、一連のアンチック・ブームの目玉商品になっているという話であった。ひとは、絵葉書というアンチックを買うというよりは「他人の過去を買う」ということに、たのしみを見出しているのであろう。ハートレーのことばではないが、「あらゆる過去は物語に変わる」ので、他人の過去の固有性の方が、複製された小説よりも面白いということになるのかも知れない。

ところで、こうした絵葉書にも贋物《にせもの》（実在の人物から実在の人物に宛てて出されたものではないもの）がずい分あるときいて、私は興味を抱いた。過去の作りかえ、記憶の修正といったことは、少しばかりの後ろめたさを伴った愉しみだからである。

そこで、私もまた贋の絵葉書作りあそびをしてみようという気になった。

とりかかったのが七七年の二月、はじめに黒白写真を数十枚撮り、脱色してから人工着色した。

古いペン先をさがし、実在しなかった女あての恋文を書き、住所を書き、昭和はじめの古切手を貼《は》った。

（横浜→上海《シャンハイ》）（上海→横浜）の消印スタンプをハンコ屋に作ってもらって、切手の上に焙《お》し、さらに出来上がった絵葉書を日光にさらして変色させた。シミ、ススといったものをシルクスクリーンでローラーし、完成したのを見ると、われながらうっとりするような出来栄えとなった。

たとえば昭和四年七月に、上海にいる私が横浜の康子という女へあてた恋文という設定である。

実際の私は昭和十一年生まれなので、そうした「事実」はある訳はないのだが、こうしたもう一つの過去を現実化して考えると、もう一人の私はすでに七十四歳だということになる。だが、そうした記憶の迷路へ入ってゆくたのしみもまた、私自身の体験ではなかったと言い切れるものだろうか?

私は、若くして死んだ詩人のことばを思い出していた。

「実際に起こらなかったことも、歴史のうちである」と。

机の物語

大机願望症というのがあるそうである。机が大きければ大きいほど、いいものが書けると思いこむ作家の病気で、五メートル四方の机などはザラで、重症になってくると、六畳一間分位の大机もあったりする、といわれる。

その上で、一晩中歩きまわっていい知恵でも思いうかべようとの魂胆なのかもしれないが、ともかく愉快なことではある。

『ガリヴァー旅行記』や『書物合戦』などを書いた大ぼら吹きのスウィフトなどは、いかにも大机愛好者だったような気もするが、革命詩人のマヤコフスキーあたりになると、傷だらけでしみのついた大衆食堂のテーブルで書いていたのではあるまいか。

建築をやっている友人に言わせると、机というのは、面積もさることながら高さが問題で机と椅子との関係が、書く人間を空想的にしたり、回顧的にしたりするというのであった。そういえば、雑誌の編集者に追いまくられていた「流行作家」のひとりが、毎晩百枚ずつ書かなければならぬので一メートル五十センチの高さの机を特注したという話をきいたことがある。

彼は坐って書いていると眠ってしまうので、その机に向かって立って書き、眠くなってくると、足ぶみをしながら書いたのである。

こういうことを書いている私自身は机を持っていない。安アパート暮らしの私には、書斎というものがないというせいもあるが、もともと私は同じ机でものを書くということが苦手なのである。原稿ジプシーになって、原稿用紙と二、三本の鉛筆、それに読みかけの本を持って、アパートの周辺の喫茶店を、転々とまわり歩くのが私の道楽である。

長いまとまった論文を書くときは、近くの小さな喫茶店の木製の卓を使う。ここの、木目の見えるような卓には、歴史が感じられて、何となく落ちつきを与えてくれるし、無口な主人がだまって入れてくれるコーヒーも、きりっと口の中をひきしめてくれるような苦さがあって良いのである。ここでは、エリック・サティのピアノの小品のレコードを、ほとんど気にならぬ位の高さで流している。

だが、競馬に関するエッセイなどを書くときは、そこの二、三軒さきの中華料理屋のカウンターか、いつも古賀メロディーをかけている酒場のデコラ貼りの机が向いているように思われる。

フルーツパーラーのガラスのテーブルは、映画の感想などを書くのに向いているし、膝の上にのせた旅行鞄の横腹は、短歌を書くための机に早がわりする。「人生いたるところに机あり」なのである。

もともと、机という「ものを書くための台」が製作販売されるようになってから文学者は書斎という座敷牢に自己監禁するマゾヒスティックな快楽の虜《とりこ》になり、街のダイナミズムから遠ざかってしまった——というのが私の持論である。机とは「在る」ものではなく「成る」ものなのだ。

このへんで私の机に関する研究発表を終ることにしておこう。

女か虎か

スタジアムには観衆がいっぱいいる。

競技場には、二つの檻《おり》があり、その中に入っているのが、片方は美女であり、片方は虎であるらしい。

しかし、檻の入口は覆われてあるので、中は見えないのである。

一人の若者が、観衆に見守られてどちらかの檻を開けなければならない状況に置かれている。もし、虎の檻を開ければ、若者は虎に食われて死んでしまうが、美女の檻を開ければめでたく結婚できる、というゲームである。

若者は一瞬ちらりとスタンドに目をやる。

スタンドには、王と王女が並んで坐っている。王女と若者とは恋仲であったのだが、それを王に発見されて、この死のゲームの生贄《いけにえ》にされたのである。若者は、救いを求めるようにして、王女を見やる。

王女は、どっちの檻に虎が入っているかを知っている。若者の命を救ってやることのできる立場にある唯一人の人間である。

若者は、王女にサインを求める。王女は、無表情にサインを送る。そこで、若者はためらう。

王女は、自分の恋人を他の美女に奪《と》られてまで命を救ってやろうと思ったであろうか？　それとも、自分たちの恋の思い出を守るために、死を選ばせようとするであろうか？　それは、若者にとっても謎である。若者は、一つの檻に近づいてゆく。

さて、若者は王女のサインしてくれた檻を開けるであろうか、それとも「もう一つの檻」を開けるであろうか？

この問題は、古代から続いている一つの謎物語であって、答は無数にある。

多くの作家たちが、この謎物語を解釈してきたが、どれももっともであり、同時にうそであるようにも思われた。

私もまた、何度か「女か虎か」について考えをめぐらしたが、この答は「どっちをあけても虎が入っている」というものばかりであった。王女は、たぶん若者に虎の檻をおしえるだろう。

女は他の美女に恋人を奪られるよりは、死を選ばせたいと思うにきまっているからである。だから、王女の教えてくれた檻ではない方を開ければ命は助かるのだが、王女の見てる前で、王女の教えてくれたのではない檻を開けるということは背信である。生き残ったとしても、どうして二度と王女と顔をあわせられようか？

知恵というのは、残酷なものだ。そして、知恵というものは、どっちの檻を開ければいいかを教えてくれることによって、若者をつまらぬ男にする。

この場合は、虎に食われて死ぬほかに方法はないのである。それが、粋というものだと、私は思っている。マザーグースも、教えてくれたっけ。

私が子供であった時
ほんの少しの知恵をもっていた
大分以前のことであるが
まだそれ以上もっていない
それにいつまでたったとて
死ぬまでもちはしないだろう
長く生きれば生きるだけ
私はだんだん馬鹿《ばか》になる

二分三〇秒の賭博

一人の犯罪者が国境まで逃げのびてくる。

国境を越えればもう安全だ。

彼は国境にあるドラッグストアで一休みしてコーヒーを一杯飲む。

ドアを開けて出て行けば、外はもう自由の天地である。

コーヒーを飲み終って、彼はふと傍らのジュークボックスに目をとめる。

懐かしい曲が入っているのだ。

彼は十セントを投げこんでその一曲のレコードに耳をかたむける。

空は晴れて、国境の空に鳥がさえずっている。人を殺してまで手に入れた金は、もうこれから一生分くらいの生活と遊興費にあてても余りあるだろう。

彼はその一曲を心に沁《し》みる想いで聴いている。

やがて曲が終って彼は立ち上がる。

すると彼のすぐ傍らに手錠を持った刑事が立っているのだ。

彼は自由を目前にして、逮捕され、もう二度と陽の目を見られぬコンクリートの塀の中に連れられて行く……。

ドアの前で、彼は立ち止まって店のバーテンにきく。

「このレコード一曲は、何分かかったかね？」

するとバーテンが答える。

「二分半ぐらいですよ」

これは私の大好きだったジョン・ヒューストンのギャング映画『アスファルト・ジャングル』のラスト・シーンである。

たったレコード一枚分の休息。二分三〇秒の人間らしい一刻が、彼の一生を賭けた大仕事の成功をフイにしてしまったのだ。何と高価なレコード一枚の聴き賃だろうと、観客は考える。二分半の長さと人生の長さとをハカリにかけたら、そんな無駄なことに時間を費やすことが、いかに莫迦《ばか》らしいかわかりそうなもんだ……というわけである。


ところで、今頃どうしてこんな古い映画のことを懐かしがったりするのか？

出ていたマリリン・モンローが懐かしくなったからか？

無論、それもある。

だがそれよりも重要なのはレコード一曲分の二分三〇秒という時間が、近づいた四十一年のダービーと深い関わり合いを持っているからなのである。

一昨昨年《さきおととし》、メイズイはダービーの距離二四〇〇メートルの青い芝生を、二分二八秒七で走り抜けた（これはダービー史上のレコードであった）。

一昨年《おととし》のシンザンは少し遅くて二分二八秒八。昨年のキーストンは雨のなかの不良馬場で二分三七秒五かかって走ったのである。これらは、いずれもレコードにして一曲分の長さである。フランク・シナトラの「シカゴ」でもやっぱり同じくらいの長さだし、

義理と人情をはかりにかけりゃ
義理が重たい男の世界

と唄う高倉健の「唐獅子牡丹《からじしぼたん》」にしたところで、やっぱり二分半足らずなのだ。

この、一曲の長さのために一生を賭けるサラブレッド馬の宿命は悲しいといえば悲しくもある。

人間ならば、（しかも平凡なサラリーマンならば）二分三〇秒というのは、まったくのハシタ時間なのである。彼らの大半は退屈して時間をもてあましているので「二分三〇

秒」などという時間の長さを、ことさらに意味づけて考える習慣はない。『何か面白いことないか』という映画の題名に共感し、ウロウロとさまよっているマージャン無宿のサラリーマンたちにとっては、二分三〇秒ぐらいの長さの時間というのは「場所が決まり、親が決まってサイが振られ、ドラが決まったら、さておれの配牌《はいぱい》は……？」というくらいの長さでしかない。

二分三〇秒で中華ソバを二杯食えるとか、二分三〇秒で女の子を口説き落とせるとか、二分三〇秒で岩波文庫の『国家と革命』を二十ページ読めるとかいったところで、それはただの日常生活の一部にすぎないのであって、「命を賭ける」というほどの大袈裟なものではないであろう。

だが、私は短い時間に賭けるものにほど親しみを感じる。なぜなら、三日に生甲斐を感じるものよりも三分に生甲斐を感じるもののほうが「より多く生きられる」ことになるし、いかにも「生き急ぐ」ものの栄光と悲惨とがナマナマしく感じられるからである。

逃亡一代キーストン

走りながら死んだ馬にもいろいろあるが、私が今でも心にかかっているのはキーストンのことである。キーストンは小さな馬であった。デビュー戦から逃げて逃げまくり、とうとう六歳の暮れの阪神大賞典で四コーナーを曲がったところで、力尽きてバッタリと倒れて死んでしまったのであった。

私の友人のバーテンをしていた李《り》という男は、「夕陽よ、急げ」ということばが好きで、下宿の壁にマジックで大きく書いて貼ってあったが、「どういう意味なのだ」と訊くと答えてくれなかった。だが祖国韓国にいた頃、貧しくてかっぱらいを働き、少年院にぶち込まれ、それ以来〈逃げる〉ことだけを青春として生きてきた男だけに、このことばにはひとしおの悲しみと恨みとが込められているように思われたのだった。

李は「オレは弱いので逃げてばかりいた」と言った。「強かった仲間たちは、今でも政府のファシズムと戦っているよ」

この李に競馬を教えたのは私であった。李は競馬新聞の脚質の欄を見て、「逃げ」と書いてあるのを選んで買った。だから福島や函館のローカルではよかったが、府中になるとなかなか取れないことが多かった。そんな頃にキーストンが現われたのである。

この小さな鹿毛の逃げ馬には、どこか運命的なものがあった。タマミのような激しさ、ベロナのような華麗さ、そしてヒシマサヒデのような迫力はなかったが、盗みを働いた少年が青野を必死で逃げていくような、ことばにつくせぬような悲劇的なムードが漂っていたのである。

港町函館のデビュー戦は雨と泥との不良馬場の逃げ切りだった。それからキーストンの長い逃亡の半生が始まった。札幌で逃げ切り、京都で二戦逃げ切り、東上して弥生賞を逃げ切った。六戦全勝、そのうち三つがレコード勝ちというすばらしい成績を持ちながら、澄んだ目はいつも何かに怯えるようにオドオドしており、ファンに決して強い馬という印象を与えなかった。

その頃李はキーストンが出走するたび、その馬券を買って少しずつ貯金を増やしていた。だがその連勝に終止符を打つ日がやってきた。コダマ、シンザンの後継者と目されたヒンドスタンの仔のダイコーターというすごい追い込み馬が現われ、スプリングステークスで逃げ切ろうとするキーストンをあっさりととらえてしまったからである。続く皐月賞でキーストンは再び十四着に惨敗し、所詮《しょせん》ただの逃げ馬だった、とささやかれはじめた。

「結局、メッキが剥げたのさ」とファンたちは噂した。

当然ダービーはダイコーターが一番人気になり、キーストンの評価は下落してしまっていた。ダービーの日は朝からどしゃ降りの雨だった。激しくドアを叩く音に目を覚ますと、レインコートを着た李が立っていて、警察に追われているのだと言う。何をしたのか、と訊いても答えず、これから海峡を渡って祖国に密航するのだと言う。

「それで今日のダービーで、オレの残していく金全部でキーストンの単勝を買ってくれ」と李は言った。私は無茶だと思ったが、李には意見を差しはさませない切実な何かがあった。そして李は雨のなかに消えて行った。

ダービーはダイコーター中心と思われていたが、キーストンが捨て身の逃げを成功させて勝った。私はキーストンの逃げ切りと、李の政治逃亡とを二重写しにして考えていた。

マッチ擦るつかのま海に霧深し
身捨つるほどの祖国はありや

その後キーストンは再び連勝しはじめた。私はキーストンが逃げ切るたびに、うまく警察の手を逃れている李のことを思った。キーストンの出走するレースは、さながら李の便りなのであった。

だから昭和四十二年十二月十七日、阪神競馬場の三千メートルのレース、四コーナーを曲がったところでキーストンがもんどりうって倒れたとき、私の頭のなかには一瞬にして李のことがひらめいた。

それははるか朝鮮海峡のかなたの空に響いた、一発の拳銃の音のこだまであった。キーストンはそのまま倒れ、私の親友の李は、プッツリと消息を絶ったのであった。

マーロウの面影を求めて

私立探偵といえば、なんといってもフィリップ・マーロウである。

レイモンド・チャンドラーのハードボイルド小説に登場するこの男は、年のころ四十前後、身長一八五センチで、いつもよれよれのトレンチコートを着て、ソフトをかぶっている。コーヒーはブラック、酒はスコッチ・ソーダで、常用の拳銃はコルト・オートマチックかＳＷ38スペシャルである。

ハリウッドのコエンガ・ビル六階裏側の日当たりの悪いところに探偵事務所を構え、助手もなく、暇なときはグラス片手にチェスの定跡書《じょうせき》を読んでいる。

イメージとしては、まさにハンフリー・ボガートなのだが（そして『大いなる眠り』の映画化名『三つ数えろ』では、実際にハンフリー・ボガートが演じたが）ハンフリー・ボガートよりは、はるかに背が高く知的なところが、ちがっていた。

私が、少年のころからイメージしていた「私立探偵」というのは、どことなく隠微で、他人のプライバシーに異常な関心を示すチンピラやくざ風の男だったが、チャンドラーの小説と親しむようになってからは、すっかり変わってしまったのである。

フィリップ・マーロウにしても、サム・スペード（ダシル・ハメットの小説に出てくる探偵）にしても、マイク・ハマー（ミッキー・スピレインの小説に出てくる探偵）、リュウ・アーチャー（ロス・マクドナルドの小説に出てくる探偵）にしても、警察権力の力を借りず、単独で悪と戦うところに、頼もしさがある。

父親を持たなかった私は、いつからか、こうした「私立探偵」にあこがれるようになり、ハードボイルド物の愛読者となった。

そして、幾人かの私立探偵とめぐり会ったわけだが、なかでフィリップ・マーロウに惹《ひ》かれたのは、その「やさしさ」のせいだったように思われる。

「鉄の心臓に犀《さい》の皮をかぶったような男」というのが、ロス・マクドナルドのリュウ・アーチャー評である。だが、同じようにハードボイルドであっても、フィリップ・マーロウには人間味がある。

「ロング・グッドバイ」の中で、リンダという女が、

「あなたはちょっとしたセンチメンタリストですね、マーロウさん」

と言うが、それはマーロウが乾いて非情なアメリカの現実のなかで、ほんの少しばか

り、ヒューマニストだったというだけのことだろう。

エリオット・グールドが演じたフィリップ・マーロウ（映画「ロング・グッドバイ」ロバート・アルトマン監督）は、独身アパートで一匹の猫を飼っている。

事件が忙しくなると、マーロウはその猫の相手をしてやるヒマがないので、猫はいつもスネている。

猫の好んで食べるのは、缶入りのカーリー印のキャット・フードだが、ある夜、それがもう空っぽになっていることに、マーロウは気づく。

真夜中、猫のために二十四時間営業の食料品ストアまで車をとばす。殺人事件にまきこまれて、くたびれきって帰ってきたマーロウの、猫のための缶詰さがしはいい場面だった。

だが、目的のものは見つからず、マーロウは仕方なしに缶の中に別のものを入れて、いつものように与える。

だが、猫は首をふってそれを拒む。

「食べてくれよ」と、マーロウは弱りきって猫に懇願するのである。

マーロウを演じたのは一九四五年のディック・ポウエルにはじまって、ボギー、ロバート・モンゴメリー、ジョージ・モンゴメリー、ジェームズ・ガーナー、エリオット・グールド、ロバート・ミッチャムと、七人におよんでいるが、はまり役は一人もいなかった。

だから、私はチャンドラーを読むたび、死んだ父の写真をじっと眺めては、うなずくことにしているのである。

ああ、蝙蝠傘《こうもりがさ》

雨が降ると蝙蝠傘をさして出かける。

晴れると、帰りには必ずどこかに忘れてくる。

今まで、何十本の蝙蝠傘を置き忘れて失くしたか、かぞえきれぬほどである。

だが、失くしても置き忘れても、性こりもなく、また新しい蝙蝠傘を買いたくなる。

とくに、数年前にメキシコ映画『エル・トポ』を観てから、私はすっかり蝙蝠傘ファンになってしまった。

ホドロフスキーの映像の中で、エル・トポという全身黒ずくめの男が、馬にまたがって、蝙蝠傘をさして砂漠を旅してゆくのは、一寸《ちよつと》忘れがたいイメージだった。

男が砂に棒を立てると、それは日時計となって時を刻みはじめる。

向こうから、黒い馬に乗ってエル・トポがやってくる。エル・トポのうしろには、全裸の男の子がしがみついている。やがて、エル・トポは馬から降りて、男の子をも抱きおろす。

それから、黒い蝙蝠傘をたたんで言うのである。

『今日でおまえは七歳だ。

もう一人前だ。おかあさんの写真とおもちゃを埋めるんだ』

熊のおもちゃと母の写真を地に埋めてもう一度、蝙蝠傘をひらくとき、男の子は一人前の男になっているのである。蝙蝠傘は、ミシンと出会うことによってシュールレアリズムの教条を生み出した時から、ただの防雨具であることは止めたらしく、多くの文学や、映画、演劇の中で独自の役割を生みだしてきた。

とくに、最近のように手許のポッチを指で押すだけで、パッと全開するのは、少年がはじめて飛び出しジャックナイフを手に入れたときのような奇妙な興奮をよびおこしてくれる。私は、この「蝙蝠傘の起源」がどんなものなのかは知らぬが、ともかく好きなのである。

最近の私の撮る写真や映画には、必ず蝙蝠傘が小道具として出てくるが、これはストーリーの上での必然性というよりは、まったく個人的な嗜《し》好《こう》によるものである。浴槽の中でも蝙蝠傘をさしている中年男、蝙蝠傘を翼がわりにして、屋根からとび下りて足を折った男、たたんだ蝙蝠傘を剣のかわりにして、フェンシングをする男。

そして蝙蝠傘の下の男と女。

蝙蝠傘は、世界で一ばん小さな、二人のための屋根である。もっとも、蝙蝠傘をさすと、レインコートを着るわけにはいかなくなるので、レインコート党のタフガイ（たとえば、ハンフリー・ボガートなど）は、ほとんど蝙蝠傘を愛用しなかった。

太宰治は、自殺しようと思っていたら、友人から夏物の浴衣《ゆかた》をプレゼントされ「これを着るために、夏までは生きていようと思った」と書いているが、同じように、新しい蝙蝠傘を買った日は、何があってもこの次雨が降るときまでは生きていよう、と思うから、おかしなものである。

泳ぐ馬

パリへ行ったとき、セーヌ河岸の古道具屋で一枚の不思議な絵に目をとめた。

それは、泳いでいる馬の絵であった。

私はそれまで、馬が泳ぐ姿を想像したことがなかったので、思わず訊いた。

「これは写生ですか？」

画商の親父は、じろりと私を見たが肯定も否定もしなかった。

「サラブレッドのようですね」

と、もう一度、私は訊いた。すると、親父は面倒くさそうに、

「モイファだよ」

と教えてくれた。

モイファは一八九五年にホークス・ベイで生まれた。父はナタトール、母はデンバイイと

いい、障害レースで活躍した馬である。

明け三歳のとき、五十ポンドで売られたモイファは、騸馬《せんば》にされて、障害とびを教えこまれた。

天才にめぐまれたモイファは、たちまち障害とびをマスターし、ニュージーランド・グランド・ナショナルをはじめとする、ニュージーランドの大きな障害レースを、ほとんどものにしてしまった。

この馬についてのハーリィ・ボードウィンの記事によると、モイファは馬高が十七ハンド以上あり、インド牛のようなき甲を持っていたという。

モイファが八歳になったとき、もうニュージーランドには出走するレースがなくなってしまい、本場英国のグランド・ナショナルに挑戦させてみたい、とファンの誰もが思った。

そこで関係者は、モイファを英国に送り出すべく船に積みこんだ。見送りのファンが数千人もいたというからモイファの人気はただごとではなかったのだろう。

しかし、この貨物船は一夜か二夜ののち、おそろしい暴風雨にあい、船は沈没してしまった。

競馬ファンの夢はおろか、船は木板まで粉々に砕け散り、乗組員さえも一人も生存していなかった。当然、誰もがモイファも死んでしまったと思い悲しんだ。

ところが数ヵ月後、この近くを通ったマオリ人の漁夫が、小さな人のすんでいない島から、不気味な音が聞こえると知らせてきた。

漁夫の言うところでは、それは「馬のいななき」に似ている、という。

そこで、一人の船長が望遠鏡で見てみると、たしかに島には一頭の馬がいた。

「もしかしたら、数ヵ月前に遭難したモイファではないか」

と漁夫の一人は言ったが船長は、ただの野生馬だろう、と相手にしなかった。

やがて噂を聞いたモイファの関係者たちが、半信半疑で島へ舟を出すことにした。

そして、そこで出会ったのは、やっぱりモイファだったのである。

「モイファが、船さえのんでしまった暴風雨の海とどう闘って、生きのびたかということは、今もって謎である」と、ハーリィ・ボードウィンも書いている。

モイファがどうやって船底の箱馬房を逃げだしたのか、どうやって暴風雨の海を泳いだのかも、誰にもわからないのだ。

しかし、とにかくモイファはニュージーランドへ帰ってきた。

「暴風雨の海を泳ぎ渡った馬」の伝説は国中に広まり、ファンたちは今いちどモイファにグランド・ナショナルへの挑戦の夢を託しはじめた。

そして、モイファは調教を開始したのである。一年後、グランド・ナショナルに出走したモイファは、その数奇な経歴から注目を集めたが、人気は二十対一にすぎなかった。

「ファンは物語を好むが、賭けるときは現実的になるもんだ」

と、馬手のサムじいさんは呟いた。

だが、レースではモイファの強さが圧倒的だった。まるで、練習用の障害でもとぶように、次から次へと大障害をこなし、ぶっちぎりで楽勝してしまったのである。

「荒波を泳ぎきった馬だもの、障害をとびこえるくらい、わけないのさ」

と、わざわざニュージーランドから応援にやって来たファンたちは言った。

この数奇なサラブレッド、モイファの紹介記事をハーリィ・ボードウィンは次のようにしめくくっている。

「実に面白い話だと思うね。ところで、この馬が船の遭難にもかかわらず、荒海をおよいで、助かったということについては、君がモイファの血統を調べてみれば、興味ある事実を発見するにちがいないよ」

「それはどんなことだい」

わたしは尋ねてみた。

サムの答えは、こうであった。

「モイファの父馬の名は、ラテン語で泳ぐという意味のナタトール（Natator）というのだよ」

どうして、この「泳ぐ馬」の絵の前で立ち止まったかと言えば、わけがある。中学一年の夏休み、私は故郷の川で馬を洗っていたとき、流れに足もとをすくわれて流されてしまったことがあるのだ。

浅瀬だと思っていた私は、思いがけぬ深さに一度どっぷりと沈んでしまい、そのまま溺《おぼ》れてしまった。

そのとき、私の洗ってやっていた馬は、溺れる私を見ながら、知らんふりをしていた。

私は、馬の名を呼びつづけ、そのまま意識を失ってしまった。

そして、まどろみのなかで馬にまたがって、川を泳ぎわたってゆく夢を見ながら、そのまま病院にかつぎこまれるまでのことを、何一つ憶《おぼ》えていない。私の馬はモイファではなかった。

だから一生、荷車をひいて朽ちてゆくのだ、と私は思った。それきり、私は水泳恐怖症になって、水へ入ったことがない。もし、私の洗ってやっていた馬がモイファのような馬だったら……と、思うと残念だ。

私はいつまでも、セーヌ河岸の古道具屋にたたずんで、その「泳ぐ馬」の絵に見とれていたのである。

（佐藤正人訳）

旅の終り

父親になれざりしかな遠沖を泳ぐ老犬しばらく見つむ

ボールペンで、「ニース・マタン」紙の片隅にメモした一首の短歌である。遠沖を泳いでいる一匹の老犬を見ていると、なぜかよそ事ではないような気がしてきたのだ。

泳ぐ老犬と、私自身の晩年とを繋《つな》ぐのは、もしかしたら旅の感傷にすぎないのかも知れない。しかし、早朝の人っ子ひとりいない海を何かが流れているのを見つけて、それが泳いでいる犬の頭だとわかったとき――(その犬が私もよく知っている牡の老犬ブランショだとわかったとき)、私はそこに一人旅をしている私自身が二重写しになってゆくのを防ぐことは出来なかった。

「父親になれざりしかな」という上の句は、思わず口をついて出たものである。

実際、私にも数年間の結婚生活というものがあった。父親になるチャンスというのはあったのだが、当時は自分が父親になるということなど考えてもみなかった。それが、離婚して何年も経った今、南仏の旅先で、「父親になれざりしかな」などと思い起こすのは、十年前の冗談を思い出し笑いしているような莫迦げたことだと言えるだろう。

父と旅。この二つの言葉について考えてみる必要がある。

父は、反復であり、歴史である。ボルヘスは、「父親と鏡とは、その宇宙を繁殖させ、拡散させるがゆえに忌まわしいものである」と書いているが、実際、「可視のものはすべて幻影か誤謬である」と思っている詩人の霊的認識の立場からみれば、その父の忌まわしさは、歴史のもつ生産性の比喩となることだろう。

一方、旅は一回性であり、地理である。それはただ、通り過ぎるだけであり、何者をも産み出したりはしない。

しばしば、私は、「男の旅は、父からの逃亡」と考えたことがある。「父からの逃亡」は、他者としての父の許《もと》を離れるということではなく、自らの父性からの逃亡というほどの意味である。

それなのに旅先で、「父親になれざりしかな」などという句が口をついて出てくるのはなぜだろうか？

私は、この旅が終りに近づいていることを予感しないわけにはいかなかった。

わが内に一人の父が帰りくる夜のテレビの無人飛行機

III 自伝抄

汽笛

　私は一九三五年十二月十日に青森県の北海岸の小駅で生まれた。しかし戸籍上では翌三六年の一月十日に生まれたことになっている。この三十日間のアリバイについて聞き糺すと、私の母は「おまえは走っている汽車のなかで生まれたから、出生地があいまいなのだ」と冗談めかして言うのだった。

　実際、私の父は異動の多い地方警察の刑事であり、私が生まれたのは「転勤」のさなかなのであった。だが、私が汽車のなかで生まれたというのは本当ではなかった。北国の十二月と言えば猛烈にさむかったし、暖房のなかった時代の蒸気汽車に出産間近の母が乗ったりする訳がなかったからである。それでも、私は「走っている汽車の中で生まれた」という個人的な伝説にひどく執着するようになっていた。

　自分がいかに一所不在の思想にとり憑かれているかについて語ったあとで、私はきまっ

て、

「何しろ、おれの故郷は汽車の中だからな」

とつけ加えたものだった。

『日本週報』を購読していた父は、刑事のくせにアルコール中毒だった。家へ帰ってきてもほとんど無口で、私に声をかけてくれることなどまるでなかった。仕事にだけは異常に熱心で、思想犯として捕えた大学教授の顔に、平気でにごった唾をかけたりしたそうである。

私は、荒野しか見えない一軒家の壁に吊られた父の拳銃にさわるのが好きであった。それは、どんな書物よりもずっしりとした重量感があった。父はときどきそれを解体して掃除していたが、組立て終るとあたりかまわず狙いをさだめてみるのだった。その銃口は、ときに私の胸許に向けられることもあったし、ときには雪におおわれた荒野に向けられることもあった。

今も私に忘れられないのはある夜、拳銃掃除を終った父の銃口が、まるで冗談のように神棚に向けられたまま動かなくなったことだった。びっくりした母が、真青になってその手から拳銃を奪いとって「あなた、何するの」とふるえ声で言った。神棚には天皇陛下の写真が飾られてあったのである。

羊水

私は自分が生まれたときのことを記憶していると言い切る自信はない。だが、ときどき始めて通る道を歩いているのに「前にも一度通ったことがある」というような気がすることがある。日の影が塀にあたっている長い裏通り。すかんぽかゆすらうめの咲いている道を歩きながら、「たしかに、ここは前にも一度通ったことがあるな」と思う。すると、それは生前の出来事だったのではないか、という気がしてくるのである。自分がまだ生まれる前に通った道ならば、ここをどこまでも辿ってゆけば、自分の生まれた日にゆきあたるのではないか、という恐怖と、えも言われぬ期待が湧いてくる。それは「かつて存在した自分」といま存在している自分とが、出会いの場をもとめて漂泊らう心に似ているのである。

私の母には名前が三つあった。ハツとヒデと秀子である。私の母は、私生児だったのである。

当時、活動写真の興行をしていた坂本家の長男の亀太郎は、語学にも長じていて、亜米利加映画の字幕の翻訳などにも手を出していた。ルイ・ジュウベに似ていると自負するような痩身長軀の男で「女ぐせ」のよくない洒落男だったという風説もある。その亀太郎が女中に手を出している現場を父親に見つけられて、女中はすぐに坂本家を出されてしまった。ところが、坂本家を出されてから妊娠した女中は、一年後に生まれた赤児を、新聞紙にくるんで坂本家まで持ってきて、坂本家の塀の中の麦畑に捨てて行ったと言う。「おかいしします」という手紙を添えられて、真青な麦畑の中で一日泣きつづけていた赤児。これが私の母の、ハツだったのである。

父親に「おまえの子だな？」

と問いつめられた亀太郎は「あの女には他にも男がいたから誰の子かわかりゃしませんよ」と抗弁して、ついに自分の子であるということを認めなかったのでハツは漁師の家に養子に出されてしまった。「ところが、そこの継父《とう》さんは週のうち五日は漁に出て留守になってしまうので、継母《かあ》さんは男を連れこんでばかりいた。ひどい時はあたしを揺籃の中に置き去りにしたまま、継母さんは二三日帰って来なかった。

畳の上にころがっているお人形さん。それが見えていながら、揺籃の中からは手がとどかない、いくら手をのばしてもとどかない。それがあたしの幼い頃の忘れられない思い出だね」と母は後年語ってくれた。

結局、漁師の家、裏町の旅館、子供のいない官吏と、養子先を転々としているうちにハツも成長して、女学生になった。しかし、友だちの一人もいない孤独な女学生で、クラスで一番人気のある女生徒にいきなりストーブの焼き火箸をあてて火傷させるという事件まで起すようになった。盗癖を責められることもあったが「他人のものが欲しかったのではなく、欲しいものが何でも手に入るような人がにくらしかった」のである。女学校を出たハツを秀子に変えたのは、彼女がそんな少女時代から抜け出すためだったとも言えるし、自分自身の出生に復讐するためだったとも言えるだろう。

だから、八郎と秀子——つまり私の父と母の小さな「家庭」は、ひどく貧しいばかりではなく「ほたるのような妖光をはなつ」暗い、コミュニケーションなどを必要としない家庭であった。そして「ほたるのような妖光」と言うのは、決して幸福などというあたたかいものではなく、もっと冷たく醒めきって、燃えたぎったものであった。

それは、べつの言葉で言えば「憎悪」だったのである。

嘔吐

オスワルト・シュペングラーの『西洋の没落』によると、歴史の世界はつめたい自然科学的存在ではなく、血のかよった生ける魂の告白の世界である。実際に起った歴史上の事実を正確に因果系列の図式のなかに整理したところで、何一つ「真実にふれる」ことなど出来はしないだろう。存在そのものよりも、むしろ「現象が意味し、暗示しているところのものを判読し、それを再現させるべく吹きこむ生命」こそが、歴史家の仕事だとする思想は私を魅了した。「去りゆく一切は比喩にすぎない」ならば、比喩を通して何を語ろうとするかをこそ問われねばならない。それはいわば詩人の仕事に似たところがある。

私は自叙伝のためのエスキースを書きながら、自分がいかに自然に近づくべきかということよりも、自分がいかに歴史に近づくべきかということに意を払いたいと思った。

「科学的にとりあつかわれたものが自然であるのに反して、作詩されたものこそ歴史である」(『西洋の没落』世界史の形態学素描)

アルコール中毒の父は、酔っていないときにはほとんど痴呆のようでさえあった。話しかけられても、きちんと返事をすることは稀で、ただ微笑するだけであった。吃《ども》りのくせがあって、師範学校時代に読本の、

「五、心に太陽を持て」

という章を読もうとして、ゴコココロニがうまく言えず、ゴココココと鶏のようにコの音だけを繰返し、何べんやってもうまくいかずに、ふいに教師にとびかかってシャツの上からその教師の首をしめつけ「凶暴性あり」と内申されたこともあったという。父は腕力だけはとび抜けていたが、ひどく内気で対人赤面恐怖症であり、その鞄の中にはいつも『人に好かれる法』という書物をかくし持っていた。

父は、酔って気持が悪くなると鉄道の線路まで出かけて行って嘔吐した。私は、ときどき汽車の通りすぎていったあとの線路の枕木にまきちらされている父の吐瀉物を見た。

「どうして洗面器に吐かないの？」

と私は訊ねたこともあった。

むろん、父は何も答えなかったが、そのけもののような目は、汽車の通りすぎていった

あとの線路の果ての遠くをじっと見つめていた。私は車輪の下にへばりついて、遠い他国の町まではこばれて行った「父の吐瀉物」を思い、何だか胸が熱くなってくるのだった。

そんな父と私とのあいだで、今でも覚えていることは、夜二人でした「汽笛あそび」のことである。遠い闇のなかで汽笛が聞こえる。

「上り、か?」と父が言う。

「下り、だ」と私が言う。

「じゃあ、おれは上りだ」と父が言う。

それから二人は寝巻のままで、戸をあけて闇のなかにとび出してゆき、鉄路の前の草のしげみで「音が、形態にかわる」のを息をつめて待っている、のである。夜風の中で、汽笛がはっきりと方位をしめし、やがて凄まじい勢で私たちの前を通りすぎてゆく。それはいわば汽車というよりは重い時間の量のようなものであった。そして、愛によってではなく思わず目をつむってしまうような轟音と烈風の夜汽車によって、私と父とは「連結」されていたのだとも言えるのである。

血がもしもつめたい鉄道ならば
通りぬける汽車は
いつかは心臓を通るだろう

聖　女

戦争の終り頃になると、私の母は貧しさのために内職することになった。それはすずらんの行商であった。すずらんなどが売れるような時代ではなかったのだが、土曜日に汽車に乗って古間木《ふるまぎ》まで行き、そこの墓地をぬけてのぼった山峡《やまかい》にあるすずらんの密生した谷で母は一休みした。

そこで、私に「父さんに万一のことがあったら、覚悟はできていますね」と確認してから、青森へすずらんを持ち帰り、夜通しで五六茎ずつ束ねて「花束」を作るのである。母は全然、父を愛してなどいなかったのだが、いつも窓べりに父の陰膳がそなえてあって、その不在の父――三人目の男を主人公にして家庭は保たれていたのである。

母は、私が学校の帰りに映画館へ立寄ったり、ズボンを破いたりして帰るたびに私をはげしく撲った。裁縫用のものさしがいつも母のかたわらにあって、それが「ムチ」だったのである。母の撲ち方があまりにもはげしかったので、近所の子供たちは塀のすきまからそれを覗きみることをたのしみにするようになった。

わざわざ母のところへ告げ口に来て、「今日、修ちゃんは学校で喧嘩して先生に叱られたよ」と報告する。それから私が撲たれるのを見るため、裏の塀に集まって、「のぞきからくり版——家庭の冬」を息をつめて見守るのである。母の私を撲つ口実は「不良になったら、戦地の父さんに申し訳がない」というのだが、実際は撲つたのしみを欲望の代償にしていたのである。

それは不幸だった自分の子供時代への復讐をはらすために、「教育」という大義名分を見出していたとも言えるだろう。だが、それでも母は私を愛していなかったとは言えない。母はときどき猫かわいがりに私を愛撫したり『少年倶楽部』や『少国民の友』などを買ってくれて、私が嬉しそうにしているのを見てうなずいたりしていた。しかし、私があまりにも本に熱中しすぎて母と話をしたがらなくなると忽ち本を取上げて、それを竈の火の中に叩きこんでしまうのであった。

私の下宿から駅へ行く途中の、とうもろこし畑の中の、傾いた小屋にタメという名の白痴女が住んでいた。三十貫もあるようなデブで、いつも唇からよだれをたらしていた。身よりがないために一人ぐらしで、晴れた日には畑に腰巻をひろげてその上にあぐらをかいてノミを取っていたが、雨の日は小屋の中で泣いているということであった。

夜、ときどき小屋から呻き声や笑い声がきこえてくるのは、近くの線路工夫たちが一升瓶をさげてしのんで行くからだというのだが、私たちは日が暮れてからは、その小屋のまわりに近づくことを禁じられていたのだった。そのタメが「見せてくれる」ということを知ったのは、もう戦争も末期になってからである。石橋が「タメのところへ行って、弁天様を見せて下さいとおがむ真似をすると、着物の裾をひろげて、あそこを覗かせてくれる」というのである。

翌日、私はさっそく、タメの小屋へ出かけて行き、とうもろこし畑の繁みから中を覗きこんだ。タメは、ニシンを焼いていたがその匂いは魚を焼くというよりは、ゴミを焼いているという感じであった。電気がないタメの小屋は、昼もまっくらで、小屋の中からセミの啼声がきこえてきた。

タメはまるで「見世物雑誌」か「怪物笑伝」にでも出てくる畸型女のように肥っていたが、顔は童女のようにあどけなかった。七草の頃に旅立ったサーカスの落し子——そんなタメが、私を見つけてニッと笑ったとき、私はタメのなかにほんものの「母」を見出したような気がしてどきっとした。

それは、西条八十の詩のように「いつも見る夢さびしい夢」であり、いま一緒にくらしている母が実はほんとうの母ではなくて、この白痴のタメがほんとうの母だ、という印象であった。

私はタメの手招きにさそわれて、ふらふらと夢遊病者のように小屋へ近づいて行ったが、「弁天様を見せてください」などとは、とても言い出すことは出来ず、ただ借りてきた猫のようにおとなしくタメのうしろに坐って、一匹のニシンのうらおもてを焼き終るまでを見守っていたのである。

あけぼのか？
とまれ！
ちょうどこちらの道連れだよ。

（マヤコフスキー）

空襲

一九四五年の七月二十八日に青森市は空襲に遇い、三万人の死者を出した。私と母とは、焼夷弾の雨の降る中を逃げまわり、ほとんど奇跡的に火傷もせずに、生残った。

翌朝、焼跡へ行ってみると、あちこちに焼死体がころがっていて、母はそれを見て嘔吐した。私の家のすぐ向いには青森市長の蟹田《かにだ》実氏の家があり、そこには二人の姉妹がいて、私はそれを「赤いおねえさん」と「青いおねえさん」と呼んでいたのである。

赤いおねえさんは十九か二十位で、いつも赤い上着を着ていたような印象だった。その蟹田市長の家と、神家とのあいだには幅一メートル位の川があって、その川では一人の若い女が、あおむけに浮かびながら、焼死していた。火に囲まれて、あまりの熱気に耐えきれずに川へとびこんだが、息苦しくなって、顔だけ出したのであろう。顔は真黒に焦げて、ほとんど輪郭が残っているだけだが、首から下は水びたしでぶよぶよになってしまっているのだった。

死体は風呂敷包みを大切そうに持っていたが、その結び目からはテニスのラケットの柄が、はみだしていた。それを見て私はすぐに「赤いおねえさん」と思った。

すると、私自身が幼い頃に見た、あのお寺の「地獄絵」の中にぽつんと一人だけ取りのこされているような気がしてきた。荒涼とした焼野原。まきちらされている焦土の死体たち。花火のように絢爛としていた前夜の空襲――「ものみな、思い出にかわる」ということばにならえば、私自身が生残ったということさえも、ただの思い出にすぎないのではないか。


生まれてはじめて地獄絵を見たのは、五歳の彼岸のときだった。私は秋の七草を、萩、なでしこ、おみなえし、葛、尾花、藤ばかま、桔梗と、全部言えたほうびに母にお寺へつれて行って貰って、地獄絵を見せてもらったのだ。

その古ぼけた地獄絵のなかの光景、解身や函量所、咩声といったものから、金掘り地獄、母捨て地獄にいたる無数の地獄は、ながい間私の脳裡からはなれることはなかった。

私は、父が出征の夜、母ともつれあって、蒲団からはみださせた四本の足、赤いじゅばん、20ワットの裸電球のお月さまの下でありありと目撃した性のイメージと、お寺の地獄絵と、空襲の三つが、私の少年時代の「三大地獄」だったのではないか、と思っている。
だが、なかでもっとも無惨だった空襲が、一番印象がうすいのはなぜなのか今もってよくわからない。蓮得寺の、赤ちゃけた地獄絵の、解身地獄ではらばらに解剖されている（母そっくりの）中年女の断末魔の悲鳴をあげている図の方が、ほんものの空襲での目前の死以上に私を脅やかしつづけてきたのは、一体なぜなのだろうか？

間引かれしゆゑに一生欠席する学校地獄のおとうとの椅子
町の遠さを帯の長さではかるなり呉服屋地獄より嫁ぎきて
夏蝶の屍《かばね》ひそかにかくし来し本屋地獄の中の一冊
新しき仏壇買ひにゆきしまま行方不明のおとうとと鳥

（『田園に死す』）

玉音放送

青森が空襲になってから、ひと月もたたぬうちに、戦争は終った。あっけない終り方で、勝ったのか負けたのか、私にもよくわからなかった。

玉音放送がラジオから流れでたときには、焼跡に立っていた。つかまえたばかりの唖蟬を、汗ばんだ手にぎゅっとにぎりしめていたが、苦しそうにあえぐ蟬の息づかいが、私の心臓にまでずきずきと、ひびいてきた。あとになってから、

「あのとき、蟬をにぎりしめていたのは、右手だったろうか？　それとも左手だったろうか？」と、考えてみたこともあったが、それはいかにも曖昧なのだ。八月十五日の玉音放送を、どこで聞いたか？

という質問へ、さまざまの答えが集められた。先生は訊いた。

「玉音放送を、きみはどこにいて聞いたのか？」と。

それはまるで「きみは、どこで死んだのか?」と聞き糺しているような感じでさえあった。だが、本当は「きみは、どこで生まれたのか?」「きみは、どこで死んだのか?」と、時の回路に架橋をこころみるほど、あの瞬間が人生のクライシス・モメントだったとは思えないのだ。

「先生、ぼくは玉音放送がはじまったとき便所でしゃがんでいました」と答えた石橋にしても、玉音放送以前の空襲で焼死してしまったカマキリにしても、その答が決して、彼らなりの戦争論や平和論になるとは思えなかった。どこにいたとしても、そんなことは問題ではない。時間は人たちのあいだで、まったくべつべつのかたちで時を刻みはじめていて、もう決して同じ歴史の流れのなかに回収できないのだ、と子供心にも私は感じていたのだった。

かくれんぼをする
私が鬼になって
暗い階段の下で目かくしをする
すると目かくししている間に外界にだけ何年かが過ぎ去ってしまい
「もういいかい」という私のボーイソプラノにはね返ってくるのは
「もういいよ」

というしゃがれた大人の声なのだ

私は一生かくれんぼの鬼になって、彼等との時間の差をちぢめようと追いかけつづけるのだが、歴史はいつも残酷で、私はいつまでも国民学校三年生のままなのだ。

「修ちゃん」

と戸村義子が言った。

書道塾の娘で、目の大きな子である。

「戦争が終ったわね」

「うんこれから疎開するんだって」

「古間木へゆく」

「あんたともとうとう、出来なかったわね」

「何を?」

戸村義子は、だまって笑った。「浜田先生と鈴木先生とがやってるのを見た人がいるんですってよ」義子の言い方が、どことなく罪悪感にあふれていたので、私はすぐにセックスのことだとわかった。

「でも、大人のやってるのはきたないそうよ。やっぱり、やるなら子供のうちじゃないとだめね」

私は、どっちつかずの作り笑いをうかべていた。義子の方は好奇心の虜になっていて、まるで生まれてはじめて見た「動物園」の話でもするように、

「あんた、してみたくない？」

と訊いた。私は勿論してみたいと答えたが、それは性に対する興味よりも、むしろ犯罪に加担する好奇心に似ていたように思われる。「ねえ、そんならしなきゃ、損よ」

と義子は言った。二人とも、まだ十歳だった。

「じゃ、何時？」

「今」

「今、どこで？」

「便所」と義子が指示した。焼跡のバラックの仮校舎のなかで、便所だけは木造でがっちり出来ていた。

「その突当りから二番目の、職員専用ってのがあるでしょ？　あそこで、あんた先に行って待っててね。あたし、すぐあとから行くから」。そこで、私は言われた通りに職員専用の便所に行き、中からドアをしめて、じっと待っていた。一寸心配になって、ズボンの前ボタンを外してたしかめて見ると、私の私自身は父の拳銃などには比すべくもないが、それでも十歳にしては、きわめて勇敢に息づきはじめた。私は便所の板に背をよせて、義子の来るのを待っていた。待っていたのは、ほんの十分か二十分だったのかも知れないが、

そのあいだに便所の外には私とまるでべつの速さで時が過ぎてゆくような気がしたのだった。やがて、足音が近づいてきた。私は緊張のあまり足がふるえそうになるのをじっと耐え、息を大きく吸いこんで目を見ひらいた。

ふいにドアがあけられた。ズボンのバンドをゆるめ、丸腰になって入って来ようとしたのは、音楽の戸田先生だった。

おや、と戸田先生は声をあげた。

どうしたんだ？　こんなところで。

私はバツが悪そうに便所から出た。そして校庭に向って一目散に駆けだした。空には鰯雲がひろがっていた。そこでだけは「大いなる時」が立ちどまって、私の方に両手をひろげているような気がしたものだった。

戸村義子さん。あなたは約束通りあれから便所へ来たのですか？

それともぼくをからかったのですか？

たしかめる間もなく私は、翌日古間木へ疎開してしまい、そしてあれから二十二年たってしまったのである。

まるで春のそよ風が、老人の希望をよみがえらせるように、力強いなぐさめの息吹が、おれの額をさわやかに吹きすぎるような気がする。いったい、こいつは何者なのだろう。

そして、私の戦後がはじまった……

（ロートレアモン『マルドロールの歌』）

アイラブ・ヤンキー

アメリカ兵が進駐すると、古間木の人たちは騒然となって色を失った。山の上の三沢村が基地になるというのである。駅前の寺山食堂でも当然ながら、対策を考えるための「家族会議」を開き、義人が「アメリカ人は、手が早いと言うから女たちは当分の間、姿をかくさなければいけない」と言い渡した。「また、どっか他の町へ逃げるのですか?」と私の母が訊いた。「そういう事になる」と義人が言った。「おまえに万一のことがあったら、セレベス島にいる弟に申し訳が立たないからね」

実際、アメリカ兵に関する「情報」は畏怖すべきものばかりだった。進駐してくる山猫部隊というのは、最前線で闘ってきた猛者ばかりで、テキサスあたりの荒くれ者か、刑務所で服役中、志願してきた囚人あがりだから、女と見れば小学生だろうと、五十すぎの老婆だろうと構わず「強姦」してしまうというのである。「男装できるものは男装すること、疎開できる者は、山中か他の町へ移ること、止むを得ず残る者も、決して化粧はせぬこと。スカートをはかず、モンペまたはズボンを着用すること」という回覧板がまわってきた。

駅の構内にある公衆便所には、壁いっぱいの巨大なペニスと「アメ公がやってくる」という文句が落書された。アメリカ兵の進駐は、この小さな町にとっては政治の侵入というよりはむしろ性の侵入だったのだ。

いよいよ山猫部隊の進駐の日が近づくと、私はその日を心待ちにするようになった。古間木での生活が単調すぎてつまらなかったので、アメリカ兵によって現実に新しい局面がひらかれることを期待したのだった。人たちの不安をよそに、私は屋根の上に寝ころんで、遠すぎる北国の陽光をあび、やがて来るアメリカ人たちのことを想った。それは、いわば戦後最初のロマネスクの到来でもあったのである。

電球を消した屋根裏の暗闇で亮子は、「アメリカ人のあそこって、やっぱり金髪がはえているのかしら」と好奇心まじりに言って、「莫迦め」と義人に殴りとばされた。静けさは怖れの鷹の翳を思わせた。隣の末広旅館に長く滞在している東京の真石さんは、不慮の事態にそなえるのだと言って「貞操帯」というものの試作をはじめたがそれは、女性用の越中ふんどしのようなもので、誰一人として試用してみようというものは出なかった。

日も明日にせまると、村の長老である小比留巻じいさんと青年団の大久保とが天神様のある山をのぼって行った。カマボコ兵舎のワシ伍長に逢うためである。私は、学校の宿題の昆虫採集のオニヤンマを採るついでを理由にして、二人のあとから蹤《つ》いて行った。明るい山道をのぼって行ってトーチカ壕のようなカマボコ兵舎に入ると中は真暗だった。山吹の花が咲いてるあたりに、大の字になってワシ伍長が寝ていて、そのむき出しの腹には蠅が数匹群れとまっていた。

　大久保がワシ伍長を揺り起した。「いよいよ、あしたです」

と小比留巻じいさんが言った。「あした山猫部隊がこの町に到着するのです」

「そうか」とワシ伍長は言った。「いよいよあしたか」

「そこで、われわれの頼みをきいて貰いたい」と大久保が言った。

「町内の有志の全部のおねがいです」

　ワシ伍長はきょとんとした顔になり、何か人ちがいでもされているのではないか、という風に用心深く訊き返した。「自分が何かするのですか?」

「帝国陸軍の残党の一人として」と小比留巻じいさんが言った。「帝国陸軍の残党の一人として鬼畜米英から、古間木中の女たちを守ってもらいたいのです」

　ワシ伍長は目を丸くした。だが大久保も小比留巻じいさんも「守ってもらいたい」というよりはむしろ「責任をとって貰いたい」というニュアンスでワシ伍長を睨みつけた。それは「帝国陸軍に自分たちの運命をあずけて、裏切られたことへの恨みつらみ」でもあったのである。

その夜、百合の花畑が花もろともに掘り起され、錆びた機関銃と弾倉帯とが出てきた。大久保の照らす懐中電灯のあかりのなかでワシ伍長は、実に情けなさそうな顔で鼻唄をうたった。

いやじゃありませんか　兵隊は
カネの茶碗にカネの箸
仏さまじゃあるまいし
一膳めしとは情なや

それから「おれは、アメ公の五人や十人は屁とも思わんぞ」と言って機関銃を何べんも夜のカマボコ兵舎の闇に向って狙いさだめていたが、ふいにワッハッハと哄笑した。ワッハッハ。ワッハッハ。ワッハッハ。それが何の哄笑だったのか十歳の私には測り知ることは出来なかった。だがあくる朝、日が昇る前に、ワシ伍長はどこかへ逃げて行ってしまった。そしてそれっきり、誰もワシ伍長に逢ったものはいない。

いかにも新しい時というものは
何はともあれ、厳しいものだ

（アルチュール・ランボー「別れ」）

西部劇

山猫部隊の進駐してきた日というと、私はいつでも西部劇を思い出す。それも決闘のある日の、小さな西部の町である。床屋のあめん棒は止まり、すべての食堂は閉鎖され、駅前通りには人っ子一人いない。かわいた路上を時折、紙屑がころがってゆくだけで、ゴースト・タウンのように話し声は死んでしまっていた。

だが、一人も見えないからといって誰もいないのではない。古間木の人たちはみな戸を閉めきってその間から、駅を見張っていたのだ。そして汽車の到着は正午――ハイヌーンということになっていた。

私の母は、炭俵に手をつっこんで真黒になった手で顔をなすり、髪をザンバラにして二階の窓の「寺山食堂」の看板の裏から、駅を見下ろしていた。そして、私はその母の手に引寄せられ、抱かれた恰好でじっと新しい「時」を待っていたのだ。

やがて汽車が着いた。

そして聞き馴れぬことばが聞こえはじめ、大きなアメリカ兵たちが駅へ降り立ってきた。ガムを噛み、冗談を言いながら出てきた山猫部隊の「アメリカの英雄」たちは、はじめ町に人っ子一人いないのにびっくりしたようだった。

軍用のナップサックを肩から下ろし、大きくのびをし、欠伸する石油タンクのような兵隊、ひどく用心ぶかくガムを噛みつづける金ぶち眼鏡のクリスチャン兵隊、タカのような目の鋭い引退ボクサーの黒人兵、サンタクロースのように好人物然とした眼鏡の二世兵。様々の兵隊たちは、駅前広場に屯《たむ》ろし、自分の荷物に腰かけると、町に向って口々に叫びはじめた。

ヘイ・マイフレンド!

ホッツマーロ?

カム・ヒア・マイ・フレンド!

だが、古間木の人たちは閉じた戸のすき間から「もう一つの世界」をこわごわ覗くだけで、誰一人として出てゆくものはないのだった。やがて、そのアメリカ人たちのあいだから一人の日本人があらわれて、大きな布をとり出して、それを旗のように駅の出口に貼り出した。それには「米日親善」と書いてあり、「アメリカ人はいい人ばかりです、早く友だちになりましょう」と書いてあった。だが、誰一人として、そんな言葉を信じようとする者はいなかった。

　ふいに兵隊の一人が、ポケットから一つかみのチョコレートを出し、それを表通りに向って投げた。インデアンスのボブ・フェラー投手のような大きいモーションとともに投げて叫んだ。「プレゼント・フォー・ユー！」息をつめてそれを覗いていた従兄弟の幸四郎が「あ、チョコレートだ」と言って身をのり出そうとするのを、義人がおさえつけて低い声で言った。「謀略だ。爆弾かも知れん」

　だがその投げ与えられたチョコレートカーブによって、古間木共同防衛戦線はもろくも崩れてしまった。駅前食堂のウサギが、母親のとめる手をふり切ってとび出して行ったのだ。みんなは一斉に息をつめた。ウサギが、やられると思って目をつむった者もいた。路上で爆破されてもんどりうって転げ死ぬかわいそうな小学生のウサギ！　それは見なれた戦争映画の一ショットだった。

　だが、意外なことにウサギは何ともなかった。まき散らされたチョコレートをぜんぶポケットにしまい、その一枚を紙ごとかじると、それを投げ捨てた樫の木のような黒人兵がひくい声で、

「ヘイ・マイフレンド」と言った。

　ウサギは、逃げもせず近寄りもせずにチョコレートを嚙みながら、それを見ていた。

「樫の木」はまたポケットからキャンディを取出した。ウサギは、それを貰うために「樫の木」に近寄るべきかどうか一瞬ためらった。

「ヘイ・マイフレンド！」と「樫の木」が言った。ウサギはこわくなって少しずつ後へ退ろうとしはじめた。

するとと「樫の木」は、そのキャンディをまたウサギに向ってかるく投げ出してニッと笑ったので、ウサギはそれを拾って、お礼のつもりで、こんどは自分の方から「樫の木」に寄って行くことにした。「樫の木」は満面に笑をうかべて、そのウサギに手をさし出した。そして二人は握手した。すると「樫の木」は、その握りあっている手を高くあげて駅前通りの、「閉じている人たち」へ向って「マイフレンド！　マイフレンド！　マイフレンド！」と叫んだ。その言葉でせきを切ったように、他のアメリカ兵たちも一斉にガムやキャンディやチョコレートを取出して、節分の豆まきか有名スターがステージから客席へサインボールを投げるように投げはじめた。

死んでいた古間木の町はたちまち甦えり、閉じていた商店街の戸があいて、われさきにとマイフレンドたちがチョコレートやキャンディを拾いに駈け出して行った。はじめは好意の表現だったアメリカ兵たちも、それを拾いに来、奪いあってチョコレートやガムを拾っている「飢えた日本人」たちを見ているうちに、べつの快感が湧いてくるものらしかった。ガムもキャンディもなくなると、煙草を投げたり、歯ブラシ（使い古しの）を投げたり、ボールペンを投げたりした。

「さ、早く行っておいで」

と私の母が、私の背中を軽くこづいた。

「何をぼんやりしてるの？　孝ちゃんはもう行ってしまったよ」

だが、私にはとても拾いにゆく気にはなれなかった。私は少しこわかったし、それにひどく恥かしい気がした。私は、首を振った。すると母は、義人に見えないように私の脇腹をギューッとつねって、声だけはやさしく「いい子だから、母ちゃんにも煙草を一本拾ってきておくれ」と言った。私はしぶしぶ立ち上り、食堂の階段をおりていった。

私は何にもほしくなかった。私の欲望は、丸腰なのだ。私は丸腰のまま、ゆっくりとスローモーション映画のように寺山食堂の硝子戸をあけて、出て行く西部のヒーローだった。拾いにゆくことも恥かしかったが、そんなことを私に命じた母の心が、もっと恥かしかった。たぶん、私の幼い魂はめくるめく陽光の下で死ぬだろう。あの西部の政治屋ドク・ホリディのように。


「政治屋の死は、瞑想の機会である」

（アラン『幸福論』）

かくれんぼ

故郷がアメリカ人たちに押収され、母がベースキャンプに働きに出るようになってから、私はどういうものか「かくれんぼ」という遊びが好きになった。

帰りの遅い母を待つ間の退屈さ、「鬼畜米英」のベースキャンプへ就職して、（しかもメイドというきわめて低い階級の労働に甘んじている母への）近所の人たちの陰口、悪い噂などに抗しかねて、「かくれたい」と思ったのかも知れない。母は、父の死後しばらくは呆然として、精薄のように見えたが、思い切ってベースキャンプの求人広告「戦争未亡人優遇す」に応募してからは、髪を染めたり、豊頬手術をしたりして若返っていった。

そして、取残された私はわけもなく「かくれずには、いられない」心境に達し十四歳にもなって「かくれんぼ」遊びに熱中するようになったのである。

一体、私にとって「かくれんぼ」とは何だったのだろうか？

農家の納屋の入口で年下の子六人とじゃんけんをしてぱっと散り、納屋の暗闇の藁のなかにかくれてじっと息をつめていると、いつのまにかうとうとと眠ってしまい、目をさますと戸口の外に雪が降っている。かくれたときは、たしか春だったような気がするがと、呆《ぼ》んやりしていると、見つけたぞ、見つけたぞと言いながら入ってくる鬼の正ちゃんがいつのまにか大人になっていて、背広を着て、小脇に赤児を抱いている。その「見つけたぞ、見つけたぞ」という声ももう、立派なバリトンになっていて、かくれんぼのあいだに十年以上の月日が流れてしまったという幻想に取憑かれている。

べつの日私は鬼であった。

子どもたちはみな、かくれてしまって私がいくら「もういいかい、もういいかい」と呼んでみても、答えてくれない。夕焼がしだいに醒めてゆき、紙芝居屋も豆腐屋ももう帰ってしまっている。誰もいない故郷の道を、草の穂をかみながら逃げかくれた子どもをさがしてゆくと、家々の窓に灯がともる。

その一つを覗いた私は思わず、はっとして立ちすくむ。

灯の下に、煮える鍋をかこんでいる一家の主人は、かくれんぼして私から「かくれていった」老いたる子どもなのである。かくれている子どもの方だけ、時代はとっぷりと暮れて、鬼の私だけが取残されている幻想は、何と空しいことだろう。

私には、かくれた子どもたちの幸福が見えるが、かくれた子どもたちからは、鬼の私が見えない。

私は、一生かくれんぼ鬼である、という幻想から、何歳になったらまぬがれることが出来るのであろうか？

「ある状況についての幻想を捨てたいという願いは、幻想を必要とする状況を捨てたいという願いでなければならない」

（カール・マルクス）

美空ひばり

藁半紙の、くすんだ灰色というのは、なぜか北国といったイメージを私に与える。鉛筆は2B。そして、私の詩のなかには何時も汽車が走っている。詩のなかを走っている汽車が、どこから来たのか、どこへ行くのかは、書いている私にさえわからないのである。

便所より青空見えて啄木忌

こんな俳句を作ったのが、中学校の一年生のときであったが、やがて私は青森の映画館をしている祖父夫婦の家にひきとられ、一人だけ青森へ出ることになった。仕事に馴れはじめて、「カマンナ・マイ・ハウス」を口ずさむようになった母は、一人古間木に残ってベースキャンプで働き、私に中学の学費を仕送りしてくれることを約束した。（この祖父

夫婦坂本勇三、きい夫婦は、本当は私の母の両親ではない。私の母を麦畑に捨てた亀太郎の弟夫婦である）

古間木の駅前で、私が最後に聞いた歌は、美空ひばりの「悲しき口笛」であった。

いつかまた逢う指切りで
笑いながらに別れたが
白い小指のいとしさが

という歌をききながら、私は改札口を一人でくぐった。見送りに来た母が、私を改札口から送り出したところで、くわえていた煙草を捨てると、その煙草についていた口紅が私の目にとまった。そのときは、休日の鮒釣りにでも出かける位にしか思わなかったが、それが私と母との生きわかれになったのだ。

だから、私は美空ひばりの「悲しき口笛」をきくと母のことを思い出す。

母は、そのときにはまだ三十二歳だったから、今の私と同じ年である。だが、母はすでにやさしく立っている廃墟であった。首に真綿をまき、ドテラを着て真赤な口紅で唇を彩どり、ポンと肩を小突かれるとそのまま崩れてしまいそうに弱々しく、父に死なれたあとの余生を支えるために、さみしく笑いなどをうかべながら、私に手を振っていた。

もしも「科学的にとりあつかわれたものが自然であるのに反して、作詩されたものこそ歴史である」ということばが真実ならば、私と母とのわかれを作詩していたものが、ホーマーでもヘルダーリンでもなく、藤浦洸であったということは、いかにも象徴的なことであった。

わが町

ジャイアンツの藤本英雄投手が、青森市営球場でパーフェクトゲームをやったのは、私が少年ジャイアンツの会青森支部で「委員」をやっていた頃であった。

相手は監督小島利男率いる西日本軍で、藤本のスライダーに手も足も出なかったのだ。

「けちでちっぽけな町のけちな野球場」で、わが国で初めての大記録が立てられたことが私には嬉しかった。

男の命は、どんな男の命でも、他の男の命以上にねうちがあるものではない。それは誰でも知っている。いちばん幸福な男は、運命のたのしめる男だ。しかし、あらゆる男の運命は平等に貧しい上に、運命に従うことは苦しいから、大きな幸運にめぐまれる男は一人だってない。男の経験の大部分は、想い出のよくないことばかりである。

「男はみんな動物だ。男はみんな他の男とおんなじ動物だ。だが同時に一人ひとりが独特な動物である。男はちっぽけな、さびしい生きものである」

（W・サローヤン「男」）

私は自転車にのって町を横切ってゆく。

「今夜、曙食品でジャイアンツの選手のサイン会があるぜ」

と自動車修理工の泰が顔をあげる。

「サイン会？」

「藤本も来るのか？」

「みんな来るそうだ」

私は自転車のベルを鳴らす。チリンチリンチリリリリン。一番セカンド千葉。猛牛とよばれた猫背のトップバッター。二番サード山川、無性格な二枚目。三番センター青田。少年クラブの人気者ホームラン王。西から来た男。四番赤バットのファスト川上。弾丸ライナー、努力の人。五番レフト平山……堺際の魔術師。

私の胸にバッチのGの字が光っている。私は電話のところに行って、友人を次々と呼び出す。サイン会があるんだけど、来ないかい？　藤本が日本で初めての完全試合をやったんだ。

「完全試合ってのは、ランナーを一人も出さねえって奴かい？」

と支那ソバ屋のにんじんが言う。

「ああ、そうだ。敵をバッターボックスから出さなかったんだ。三九の二十七人を、全員あの一坪足らずのボックスへとじこめてしまったんだ」

「みな殺しのブルースだな」

とにんじんが左利きの腕をびゅんびゅんとふりまわして、ロッキング・モーションの真似をする。

「おれも前に一度やったことがあるよ」


目をつむると、あの日の夕焼けが浮かんで来る。私の町――それはもはや「この世に存在しない町」だ。サローヤンではないが、男の経験の大部分は、「想い出のよくないことばかり」なのだ。だが、ひどく曖昧になって、消えかかっているものを、洗濯箱の一番下から古いシャツをひっぱり出すように――もう一度引っぱり出してみることもまた、私のたのしみの一つでもあるような気がする。

私の住んでいた歌舞伎座は、塩町の四十三番地にあった。その隣は自転車預り場を兼ねたうどん屋があった。人生を太く長く生きる手打ちの鍋焼うどん。若主人は、侏儒だったが愛嬌だけは満点だった。その隣は、小間物雑貨「名畑」。その隣には棺桶も作る桶屋。そして名もない小さな川である。

私はたびたび「名畑」で映画スタアのプロマイドを買った。ファン・レターを出したテレサ・ライト、ゲイル・ラッセル、東谷暎子。彼女らのプロマイドを買いに行くたび、おばあさんが出て来て、

「買わないブロマイドにさわっちゃいけないよ」

と言った。プロマイドをブロマイドと言いくるめるあの「鬼のやり手婆」——まるで娼婦でも斡旋するかのようにプロマイドと私とを仲介する「名畑」のばあさんが、まだ生きているかどうかは、私にはわからない。その隣は、いつも閉じている家——表札も思い出せない。そしてその隣が「少年野球の快速投手がいる」という噂の桶屋。風呂の蓋から、棺桶まで。歌舞伎座の左隣は、散髪屋で、草野球のできる広っぱがあってカフェ「川浪」があった。まだまだ思い出し忘れがいくつかあって、その上にたれこめているのは鉛色の曇天である——今から思えば朝鮮人の金山が、いつもギターをひきながら、一人で歌っていたのは、こんな歌だった……

帰る故郷があるならよかろ
おれにゃ故郷も親もない

十七音

中学から高校へかけて、私の自己形成にもっとも大きい比重を占めていたのは、俳句であった。

この亡びゆく詩形式に、私はひどく魅かれていた。俳句そのものにも、反近代的で悪霊的で魅力はあったが、それにもまして俳句結社のもつ、フリーメースン的な雰囲気が私をとらえたのだった。

「いっちょう、言葉を地獄にかけてやるか！」といったことを口にしながら、私は五音七音五音のカセを持って句会に出かけて行ったのである。

「あらゆるものの価値が崩れ、私たちをふいに自由が襲った。私は用心ぶかく、この自由をのりきるために、形式を必要とした」（ガリ版句集・序）

と私は書いているが、実際は私の人生の「待機の時代」と、俳句文学の失われた市民権のなかに、何かしら通じるものがあったにちがいないのだ。

ある日、同級生の京武久美が一冊のリトル・マガジンを持って、にやにやしていた。

「どうしたのだ?」と訊いても答えない。

そこで、私は無理矢理にそのリトル・マガジンを引ったくって、ひらいてみた。

それは青森俳句会という無名の小結社の出している「暖鳥」という雑誌であったが、そのなかの「暖鳥集」という欄に、京武久美という名と、彼の俳句が一句印刷されてあるのだ。私は、麦畑でひばりの卵でも見つけたように「あ……」と素頓狂な声を出した。

京武の名前が活字になって、「もう一つの社会」に登録されているということは、私にとっては、思いがけぬことであった。

「これはどうしたのだ?」

と訊くと、京武は「結社の秘密」を守るように口をつぐんでしまった。

「話してくれ」

「何でもないのだ」

「何でもないなら、なぜそんな風に『有名』になるチャンスを作ったのか、できるだけ詳しく、話してくれ」

——そして、その夜私は京武に連れられて、「暖鳥句会」に出席した。それは吹田孤蓬という怪人物の自宅で、「会」はそのうすぐらい八畳間でひらかれた。

吹田孤蓬は、昼のあいだは吹田清三郎という名で、学校の教師をしているが、夜になると「孤蓬」に変身するのだ、と京武が説明してくれた。「つまり、昼の職業は、世をしのぶ仮のすがたという訳だな？」と私。

「ああ、本当は俳人なのだ。

ただ、そのことを秘密にしているだけなのだ」

やがて、一人二人と俳人たちが集まってきて、その夜の季題というのが発表された。人妻もいれば会社員もいた。その俳人たちが、「菁実」とか「未知男」とか「秋鈴子」とかいった号によって、本来の自分に立ちかえってゆくのを見ているうちに、私は子供の頃見た映画「まぼろし城」を思い出した。

覆面の結社の魅力。しかも、その秘密じみた文芸の腕くらべ。それは、まさしく私のすごしてきた少年時代の地下道のように、「もう一つの時」の回路にさしこんだ、悪霊からの音信のようにさえ思われるのであった。

次の月から、私は「暖鳥」の投稿家になって、吹田孤蓬の選を受けはじめた。

投稿欄の魅力は、その階級性にあった。

毎号、新しい雑誌がとどくたびに、四十人ほどの投稿家に与えられたランキングに目を通し、自分の「階級」の上下をさがすたのしみ。それが、私を夢中にして行った。

俳句雑誌には大抵、同人欄と会員欄があって、同人は無鑑査のままで作品を掲載できるが会員は主宰者の選をうけなければならない。

そのランクは、一番前に出るのが巻頭といって一位、以下地位順に並んでいて、最後は一句組といって「一兵卒」が、地域別に並ぶという仕組である。今月百四十位だったものが来月百二十位に載るということは、そのまま「出世」に一歩近づくことであり、それが二、三人に追い抜かれるということは、階級が下がったことになる。

そこに働く物理的変化は、三十日周期で実にはっきりと上下してゆくので、投稿者は自分の作品の実力ばかりではなく、選者への贈り物、挨拶まわりにも意を払うようになる。十七音の銀河系。この膨大な虚業の世界での地位争奪戦参加の興味は、私に文学以外のたのしみを覚えさせた。私は、この結社制度のなかにひそむ「権力の構造」のなかに、なぜか「帝王」という死滅したことばをダブルイメージで見出した。

帝王、しかし書斎の山羊め！

たかが活字のついた紙ばかり食いやがって。

私の詩の中を
今もまた汽車が走ってゆく。

ねずみの心は、ねずみいろ

一九五八年の夏、私は風呂敷包み一つを持って病院を出た。風呂敷包みの中には、二、三の書物と数本の鉛筆、それに着替えが入っているだけだった。四年間の入院の費用は生活保護法によってまかなわれ、身よりのない私は無一文なのであった。

私は、ドストエフスキーの『賭博者』の中に出てくる婆さんが、ルーレット盤を見まわして、しゃがれ声で、

「さあ、ゼロだ。
ゼロに賭けるんだよ」

という場面を思いうかべていた。

私の行先は、退院の二、三日前に外出許可をもらって、学徒援護会の紹介で契約した新宿区諏訪町の六畳一間のアパートである。

窓にカーテンもついていない、がらんとした空室で、私は「これからどうしたらいいものか」と途方にくれた。入院中、ベッドが隣りあっていた韓国人のテキヤからもらった一枚の酒場の名刺だけが、頼りだった。

とりあえず、仕事をさがさなければならない、と思い、その日のうちに名刺の酒場を訪ねてみることにした。むし暑い日だった。

目あての酒場は、山手線のガード沿いにあって、すぐわかった。

私が名乗ると、相手は「金さんから電話もらってる」と言ってくれた。仕事は、電話番で、週三回（金、土、日）だけでよい、ということである。「電話がきたら、どうすればいいんですか」と訊くと、「相手の言うことをメモ用紙にひかえるのだ」と教えてくれた。「そして、一度読みあげて、まちがっていないかどうかたしかめる」

カウンターの下にテープレコーダーが一台あって、その会話を録音するようになっている。要するに、私の仕事は私設馬券屋（ノミ屋）のウケ番なのであった。

だが、競馬を知らなかった私は、当然ながら、この仕事が非合法であるということも知らなかった。それで、仕度金の名目で二万円もらって、大喜びで、「ありがとうございます」と三度も言って、帰ってきたのだった。

その頃、「女性自身」という風変りな誌名の週刊誌が創刊され、ジャイアンツに入った長嶋茂雄が新人王となった。東京タワーが完成し、町は活気にあふれていた。

しかし、私の心をもっとも強くとらえた事件は、一人の韓国人の少年が、小松川高校の女生徒を姦《おか》して絞殺《こうさつ》した事件だった。犯人の李珍宇の孤立は、そのまま病院帰りの私のものであるようにさえ思われた。私は、自分もまた李珍宇のように、遠い国からやって来た局外者のような疎外感を味わっていたのである。

私の「遠い国」は、自分自身の腎臓の疾患のなかにあった。その意味では、私は人に逢うたび、「退院してきて、すみません」とあやまって歩かねばならないような、肩身のせまい思いをしていた。だが、ちょっとしたゆきがかりから、窮鼠《きゅうそ》は猫を嚙《か》む。飢えた私は、ほとんどやけっぱちで、すぐに喧嘩をはじめる鼠であった。

そういえば、私はよく、美空ひばりの唄を口にしていたが、それもまた鼠の唄だったようだ。

ねずみの心はねずみいろ
かなしいかなしいねずみいろ

私は、ようやく二十二歳になったばかりだったのである。

淋しいアメリカ人

その頃、私は高田馬場の古本屋でネルソン・オルグレンの『黄金の腕』を見つけた。青森にいた頃読んだ『朝はもう来ない』の作者の二冊目の翻訳だった。フランキー・マシーンという賭博好きの浮浪者の生活が、あまりにも私にぴったりだったので、私はおどろいてしまった。

「人生は、なぜ、ときどき深夜営業の映画館ががら空きになっているような感じがするのだろうか。誰も坐っていない客席に向って、いたんだフィルムが映されているような感じがする」

と、オルグレンは書いていた。

この「失われた世代」の最後の作家に、私は手紙を出した。何を書いたかは思い出せないが、短い返事がきたのだけは覚えている。オルグレンは、シカゴの裏町ばかりを書きつづけ、とくにアメリカの刑務所については、法務省の役人よりもずっと詳《くわ》しいといわれていた。

私は、オルグレンの小説から、アメリカの俗謡をいろいろ知った。たとえば、よく引用する、

もしも心がすべてなら
いとしいお金は何になる

という逆説的なジョークも、オルグレンの小説からの孫引きである。

そのオルグレンが、ひょっこりと日本へやって来た。

住所録に書いてある日本人の名前はペンフレンドのSHUJI TERAYAMAだけだったので、まず私に電話してきた。

「やあ、オルグレンだよ。遊びに来いなんて言うから、来てみたよ」

という声は、とても五十四歳とは思えぬほど若々しかった。私は、すぐオルグレンを迎えに行った。

それから二週間、私とオルグレンはボクシング・ジムへ行ったり、中山競馬場へ行ったりした。ニコリノ・ローチェと藤猛《ふじたけし》のタイトルマッチで、私は藤猛に賭けたが、オルグレ

ンはローチェに賭けた。試合は、インサイドワークにすぐれたローチェが猛打の藤猛を制して、一方的に打ちまくり、藤猛は血まみれになってKO負けした。

オルグレンは、大喜びで壁に貼ってあるポスターを二枚も三枚も剝がして、「記念に」ポケットへしまいこみ、「シカゴの友人に送ってやるんだ」などと言いだした。

老人問題に関心のあるオルグレンは、パチンコに異常に興味を示し、「モノローグの機械だ」などと言っていた。酒場で話してくれた、

「アメリカじゃ、州によって死刑の方法が違うんだよ」という話は、今でも覚えている。

「貧乏な州じゃ、電気椅子が買えない――ユタ州あたりじゃ、今でもライフルで囚人を殺《や》っているよ」

数年後、私はシカゴへ旅をし、オルグレンの家を訪ねて、裏町を案内してもらった。オルグレンの部屋の壁には、別れた女――たとえばシモーヌ・ボーヴァールなどの写真と並んで、ローチェと藤猛の試合のポスターが貼ってあった。もう何年も前から、書きかけたままになっている小説は一向にすすまず、坐っているとそのまま居眠りしてしまう老人になっていたオルグレン……それでも、口だけは元気で、

「そうだ、いい女を紹介しよう。泣き顔がとてもいいんだよ。泣かせてみるといいよ」

などと言いだしたりするのだった。

鬼子母親

その頃、私の母は立川にひとりで住んでいた。
フランク・シナトラの、

Only is lonely
（オンリーは、ひとりぼっち）

というレコードがひっきりなしに聞こえてくるダンスホールの裏の、かたぶきかけた安アパートであった。
たまに訪ねてゆくと、母は階段を半分おりたところに腰かけて、日なたぼっこをしていたりした。

母の口ぐせは、自分の手を見ながら、

「あたしは、どうしてこんなに不幸なんだろうね」と言うことだった。

そのアパートには、母と同じようにベースキャンプで働いている女ばかりが住んでいて、夕方になると劇場の楽屋裏のようにあわただしくなるのだった。中年をすぎた女たちが、ステージに出るような厚化粧《あつげしよう》をし、真っ赤なワンピースを着て、七輪でさんまを焼いたりしているそばを、私はよく通りぬけた。

母も昼のあいだは「さびしいから、犬でも飼いたいんだけど、アパートの管理人がうるさくってね」とか「もうくたびれてしまったよ」などと言っていたが、夕方、化粧し終ると別人のように若返って出かけて行った。

私は、母と同じ屋根の下に暮らした記憶をほとんど持っていない。

少年時代の私は、青森の港町の映画館にあずけられて育ち、母は三沢の進駐軍のベースキャンプで働きながら、中学の学費を仕送りしてくれていた。ある日、青森へ出てきた母が、「しばらく遠くへ行くことになった」と言った。「もっと沢山《たくさん》仕送りするからね」

私は駅まで母を送っていき、そこで連絡船の汽笛を聞きながら、二人で夜鳴きソバをすすった。

美空ひばりの「悲しき口笛」が聞こえていた。その歌詞は、

いつかまた逢う指切りで
笑いながらに別れたが

というのであったが、それが私と母の生きわかれの歌になった。母は改札口を一人でくぐると、くわえていた煙草をポイと捨てた。

その吸殻《すいがら》についていた口紅の赤さだけが、今でも私の眼に残っている。それから、数年後、立川で母と再会したとき、私たちはどこかよそよそしさがあった。私は母に、「あなたは……」と言いかけて、たしなめられたものだった。

母はときどき、「弟がほしいだろ?」と言ったが、私はそのことばの意味を解して、すぐには「うん」とは言わなかった。

大学へ入って、まもなく中退し、病気で四年入院し、退院して定職も持たずにブラブラしている私と母は、ときどき逢って食事をした。

私と逢うために着かざってくる母と、その母に金をせびる私とのあいだには、奇妙な友情が生まれていた。しかし、同時に私は、同時代の男たちに共通しているオレステス・コンプレックスについても、思いをめぐらしていた。オレステスは、父なき王家にあって、自立のために母を殺したギリシア悲劇の主人公であった。

家族あわせ

　大工町寺町米町仏町老母買う町あらずやつばめよ

というのが歌集『田園に死す』の第一首目にある。この歌と、少年時代に作った、

　そら豆の殻《から》一せいに鳴る夕べ母につながるわれのソネット

という歌とのあいだに、八年の歳月が流れたのである。

そら豆の歌を作ったとき、母は九州の炭鉱町にいた。私は、とり残されて青森の場末の映画館の母物映画の常連客になっていた。その頃の私の日常生活はほとんど、一人の母の不在によって、空想に充たされていたのである。だが、二十四歳で、新宿の安アパートを

借り、酒場のホステスと同棲しながら、売れない詩を書いている私と、「一緒に暮らしたい」と口ぐせのように言う水商売の母とのあいだには、もはやなまなましい現実以外の何もなかった。

母は渡り鳥の生活にくたびれて、たった一人の息子のそばで安らぎたいと考え、子はようやく渡り鳥の生活をはじめるため一人になりたがっていたのであった。

「おまえは近ごろよそよそしくなった」と言い、「今度の休みに映画にでも行こうよ」とせがむ母は、もはや私にとってひとりの「年上の女」にすぎなかった。

だが、厄介なことは母がそのことを自覚していず、二言目には「おまえを育てるために一生を台なしにした」とか「養育費をぜんぶあわせると、山一つ買える」などと言って、私の心をつなぎとめようとすることだったのである。

いつのまにか、母は私のアパートにころがりこみ、ふみ子はべつの部屋を借りることになった。二、三日、私がアパートへ帰らぬ日があると、母はちゃぶ台の上の二つの茶碗にごはん、お碗に味噌汁をいれたまま、座って泣いているのだった。母は、私とわかれたときから、もう一度「母子関係」をやり直そうとしていたのであろう。ほとんど、十五歳の子供に接するように私に接した。出かけるときに、「ハンカチをポケットに入れて」とか、「道草食わずに帰りなさい」とか言って、駅まで送ってくるのだった。

私が、この蜜月に耐えたのは、もしかしたら、まちがった親孝行のつもりだったのかも知れない。実際には、「家へ帰るのがこわい」と思いながら酒場のカウンターの片隅で、『田園に死す』の一連の歌や、母殺しの長編叙事詩「李庚順」(「現代詩」)、小説「人間実験室」(「文学界」)などを書き、夜明け、母が寝落ちた頃、そっと帰って母の隣りにレインコートのままで、ごろ寝したのであった。

そろそろ、また家出しなければならぬ、と私は思いはじめていた。すると、子供の頃によくあそんだ「家族あわせ」のことが思い出された。

あの頃は、「金野成吉家のお母さんをください」とか「民尾守家のお父さんをください」という遊びが嫌いで、ある夜しまい忘れた「家族あわせ」の中から一枚だけカードを持ち出して、竈《かまど》の火にくべて灰にしてしまったことがあった。

これでもう、二度と「家族あわせ」などしないですむと思っていたのに、突如あらわれた一枚の母のカード！　私は、詩のなかでは踏みとどまって内なる母を殺したが、現実では自分が逃げ出すことを考えるほかはなかったのだった。

時には母のない子のように

東京に住んでいるのに、真夜中にガバッと起き、アパートの畳をめくって、その下の土を耕しはじめる白髪の母親のイメージを描いたのは、同じ東北出身の詩人、黒田喜夫《きお》であった。

母親は、すでに一人の人格であるよりも狂った望郷の比喩であった。

「青森へ帰ろう」

と口ぐせのように言いだす母は、自分が貧しさのために実現できなかった「家」を、今こそ手に入れようとしていたのである。

私は、その頃から「家出のすすめ」という一文を書きはじめていた。それは、私自身の個人的な日常の現実から出たものであり、同時に「表現論」にまでおよぶ、きわめて根源的な意味を持っていた。

たしかに「家」はその本来的な諸機能を喪失していた。教育的、娯楽的、保護的な機能は社会が代行し、宗教的、性的な機能は、個人がそれを実現していた。「家」に残されたのは、血族的に愛情の機能だけにすぎなかったが、それは最もしたたかな桎梏《しっこく》となっていたのである。地方から出てくる若者たちは、カタツムリのようにまぼろしの家を負い、つねにその重さ分だけ、不自由なのであった。

血族的な愛情というのは一体、何なのか、という疑問が、つねに私をとらえていた。それは、母にとってはほとんど運命的なものであったが、私にとっては偶然的なものなのであった。

少年時代、私は母物映画のファンであった。便所の匂いのする場末の映画館で見た三倍泣かせる映画『母三人』の主題歌、

乳房おさえてあとふり向いて
流す涙も母なればこそ

などは、今でもすらすらと唄えるほどである。

戦後、多くの父親が戦争で死に、貧しい母子社会では、「母が子を捨てる」ことを余儀なくされた。その頃、大映の一連の母物映画（三益《みます》愛子が母で、三条美紀が子であった）

が作られたが、それは「生活苦のために、やむを得ず母は子を捨てるが、子は大きくなったときそのことを理解して、母をうらまず、恩返しをしてくれる」というストーリーで一貫していたのである。

だが、二十年の歳月は母物映画のヒロインの期待を裏切った。豊かになった社会では、老いた母は邪魔者扱いされ、「子が母を捨てる」社会がおとずれた。

余剰生命と、老人の問題として一括された悲しい母親たちは、最後のとりでとして、「血族的な愛情」にすがって、今いちど自分の居場所のある「家」を復権させようと願ったのである。

こうした母親の願いは、私にも理解できなかったわけではない。しかし、今ここで母に同情したら、私たちは再び親子の絆《きずな》を中心とした運命的なコンミューンを受け入れることになり、カタツムリのように、どこへ行くにも「家」を負いつづけることになるのが、目に見えていた。

私は、『家出のすすめ』を書いてるんだよ」と母に言った。

母は、「ああ、あたしも賛成だよ」と言った。

「家出するなら、母さんも一緒に行ってあげるからね」

長靴をはいた男

私は靴が嫌いである。よほどのことでもない限りは、はく気になれない。

靴がただのはきものでないということは、子供の頃からうすうすと気づいていたが、マザーグースの童謡などを読むようになって、そのことが決定的になったのである。

「靴に棲《す》んでるお婆さん」というのは、たぶん、母親のことであろう――と私は思った。

そして、靴は「家」の比喩として、「どこまでも、ついてゆく」血族的な宿命をあらわしているのである。シンデレラのところへ、ガラスの靴を持って訪ねてくる王子が、「自分の家にあう嫁」をさがしていた、ということは、誰の目にもあきらかだし、親の言いつけを聞かないため頭にくっついてとれなくなってしまった「長靴三銃士」の長靴も、親の力をあらわしているのである。

だから、私の靴ぎらいは、そのまま家ぎらい、ということになる。その私が、とうとう靴をはくことになってしまったのは、二十五歳になってまもなくであった。

私は、当時松竹少女歌劇団の踊り子から映画女優になったばかりの九條映子と、結婚したのである。私の書いたシナリオ『乾いた湖』(篠田正浩監督)や、テレビドラマ『Q』などに出演した彼女は、いつのまにか私のいい相談相手になっていた。

私は家をとび出し、母の反対をおしきって結婚式をあげた。相手側には身内一同がそろったが、私側には「身内」として、谷川俊太郎夫婦が出席してくれただけであった。

私は貸衣装屋からタキシードを借り、靴をはいて、「にわか仕立ての紳士」になった。正直言ってひどく不安であったが、式を司どった教会の神父がひどい東北弁だったので、ほっとしたのを覚えている。

結婚生活は、それからほぼ六年間つづいた。それまで、私は詩歌においても、他の創作においても、極端に「告白」することを嫌い、「私の内実を表出する」ために書くのではなく、むしろ「私の内実をかくす」ために書くのだと思っていたが、結婚生活には、そうしたテレが通用しないことが次第にあきらかになっていったのである。

私が床屋で散髪している。

そこへ買物籠を持った妻が入ってくる。

私は、シャボンの泡に埋もれて、顔を剃《そ》られるところである。

鏡にうつる妻を見て、「気がつかないといいが」と首をちぢめている。すると、ふいに妻が大きな声で、「見つけた！」と言う。

まわりの客がドッと笑う。

妻が、「今夜のオカズは何にする？」と訊く。

私は、まったく弱りはてて、低い声で何か言うのだが、妻は聞きとれないらしく、「え、何？」と訊き返す。

逃げもかくれも出来ぬもの――として「家」が私をとらえ直す。もともと、女優をしていた妻にとって、私生活もまた「見られるに値するものであるべきだ」という考え方があり、私はそこで、ともかく生活者としての欠落を埋めあわせる営為《えいい》をはじめなければならなくなったのである。私は覚悟を決めることにした。

その頃、私たちはジルという名の犬を一匹飼っていた。ジルというのは、ブリジット・バルドーが『私生活』という映画の中で演じた役名なのであった。

『田園に死す』手稿

私は、母について多くのことを書いてきた。
とくに、少年時代の和歌には、それが多くみられた。

そら豆の殻《から》一せいに鳴る夕べ母につながるわれのソネット

黒土を蹴《け》って駈けゆくラグビーのひとりのためにシャツを編む母

といった類いのものである。
だが実は、こうした歌は、すべて事実ではなかった。
私と母とは、私が小学生のときに生きわかれになり、ついに一緒に暮すことはなかった。したがって、母とのエッセイのすべては、私の作りものであり、現実ではなかったのである。

それでは、なぜありもしないことばかり書いてきたのだろう。

私自身、母について書くたび「いつのまにか、勝手に筆がすすんでしまう」ということを奇異に思わぬわけにはいかなかった。

そこで、一度、自分の「思い出を捏造《ねつぞう》する」習癖を、分析してみよう、と思い立った。

それが、この映画『田園に死す』の動機であった。

私は、一人の男が自分の少年時代について語ろうとするとき、記憶を修正し、美化し、「実際に起こったこと」ではなく「実際に起こってほしかったこと」を語っている……という例をいくつか見聞してきた。

未来の修正というのは出来ぬが、過去の修正ならば出来る。そして、実際に起こらなかったことも、歴史のうちであると思えば、過去の作り変えによってこそ、人は現在の呪縛から解放されるのである。そう思った私は、一人の少年を主人公にして、「私の過去」を映像化することからはじめた。

「私」は、荒涼とした東北の村に、母とたった二人で暮らしていることにした。

村にサーカスがやって来ると、一座の空気女にあこがれて巡業のあとについて行くような中学生であった。

隣りの家の美しい人妻にあこがれて、せっせとうそ字だらけのラブレターを書き送り、念願かなって、「二人だけで旅行に出る」約束をとりつけることに成功した。孤独だったので、これといった友人もなく、いつも『少年倶楽部』ばかり読みふけっていたので、その中に登場する冒険ダン吉やのらくろ、鞍馬天狗といった空想の人物たちだけが話相手なのであった。

だが、こうした嘘の少年時代は、私自身を演じる俳優によって映画の中で暴かれることになる。

映画の中で、私は「少年時代の私」と出会って、母のイメージについて語りあい、少しずつ過去の再修正をしてゆくことになった。そして母は、二重にも三重にも仮面を与えられ、虚構化されてゆくことになったのである。

亡き母の真赤《まつか》な櫛《くし》で梳《す》きやれば山鳩《やまばと》の羽毛抜けやまぬなり
亡き母の位牌《いはい》の裏のわが指紋さみしくほぐれゆく夜ならむ

和歌の中で、すでに死んでしまっていた母は、映画の中では、家出した少年をいつまでも待ちかまえている母となって描かれた。

母の家は、恐山《おそれざん》のふもとの鴉の群れ集まる寒村の光景のなかに在る、のだった。映画は、切々と母を恋し、同時に憎悪していた。

八千草薫《やちぐさかおる》の美しい人妻、春川ますみの空気女、新高恵子の間引き娘といった女たちは「母のイメージの分身」として、一人の少年を誘いこむ迷宮的な存在にみえた。

実のところ、私は、35ミリカメラを使って、早々と母の墓を立ててしまったのかも知れない。

ほんとの母は、そんな私とは無関係に流浪をつづけているらしかった。酌婦をし、荒くれた鉱夫たちの町を転々とし、どこへ行ってしまったのか、噂もきかない。秋の七草。寂々……。

と、書くことさえも、すでに虚構になってしまっているのだが……。

解説

「ほんとうの自分」はどこにいるのか

川本三郎

寺山修司は、お話づくりの名手である。

日常生活の小さな出来事や、そのへんにころがっているなんでもないモノから、たちまち一篇のお話を作り上げてゆく。

エッセイというと、普通は、身辺雑記であり、日常の枠のなかを出ることはないが、寺山修司は、エッセイをひとつのお話に仕立ててしまう。昔、こんなことがあった。こんな人間がいた。記憶を巧みにあやつりながら、短篇小説のような物語を作り上げてゆく。

たとえば、「逃亡一代キーストン」である。かつて競馬の世界にキーストンという逃げ馬がいた。逃げて逃げて逃げまくる。寺山修司は、この「逃げ馬」に思いを入れる。

そして、逃げる馬に、李という韓国出身の友人の姿を重ね合わせる。李はいっていた。「オレは弱いので逃げてばかりいた」「強かった仲間たちは、今でも政府のファシズムと戦っているよ」。その祖国逃亡者と、ひたすら逃げる馬が重なり合い、単なる競馬エッセイを超えた、物語性、寓話性を持ってくる。

祖国から逃げてきた李は、こんどは日本で警察に追われ、密航者となって再び海峡を渡ってゆく。おそらく政治犯なのだろう。「私はキーストンの逃げ切りと、李の政治逃亡とを二重写しにして考えた」。

逃げ馬キーストンの疾走を見ながら、寺山修司は、祖国へ戻っていった男のことを考える。逃げ続けたキーストンは、最後に、阪神競馬場でのレースで力尽きて倒れ、死んでしまう。そして「私の親友の李は、プッツリと消息を絶ったのであった」。

エッセイというより、みごとにひとつのお話になっている。おそらくこれはフィクションだろう。キーストンという馬は確かにいた。しかし、李という人間が、はたしていたかどうか。李は実在した人間というより、寺山修司の逃亡願望が作り出した虚構の人物だと思う。逃げ馬キーストンの疾走と挫折を見ているうちに、こんな男がいたらと、さもいたように書いたのである。

「お話づくりの名手」とは、こういう、現実の話のなかに巧みに虚構を交えてゆく寺山修司のスタイルをさしている。

北川登園『職業・寺山修司』（日本文芸社、93年）のなかに、こんなエピソードが紹介されている。読売新聞の記者をしていた北川は、その頃、競馬コラムを書いていた寺山修司が、しばしば北川との会話のなかから話のネタを仕入れ、それを巧みに原稿にしたのを目撃したという。

たとえば、寺山修司に、質屋を利用して馬券を買ったという話をする。すると寺山は、いつのまにか、こんなコラムを仕立て上げる。

「友人の北川が質屋へ入れていた背広を流してしまった。放っとくと外とうもあぶないという。そこで、一日も早く受け出すためアクアマリンSで勝負することにした。馬は『質流れ』にあやかって⑦からの流れである」

ここでも事実に虚構を入れこんでいる。そこから、ひとつのお話が生まれる。読者は、競馬の予想よりも、この「北川」という男のほうが気になってくる。いわば、現実の向こうに、もうひとつの現実が見えてくる。

寺山修司は、単に〝話を面白くする〟ために、虚構を入れこむわけではない。ひとつの虚構を入れることで、それまでの平板に見えた現実が色づき始める。もうひとつの現実が立ち上がってくる。寺山修司は、虚構によって、現実の向こうに広がってゆく、もうひとつの世界を見ようとしている。

杉山正樹もまた『寺山修司・遊戯の人』（新潮社、00年）のなかで、寺山が、しばしば自分の過去を虚構化した、と指摘している。高校時代、ボクシングをしていたというのも、新宿の裏町の酒場にたむろしてポーカー賭博で暮していたというのもウソ。「そうあ

昭和46年、アムステルダムにて著者

りたい」作り話だという。

『誰か故郷を想はざる』のなかの冒頭には「私は一九三五年十二月十日に青森県の北海岸の小駅で生まれた」というよく知られた文章があるが、杉山正樹によれば「北海岸の小駅」で生まれた事実はないという。「おれの故郷は汽車の中」という放浪の物語を作るための虚構である。

寺山修司の名を高めた初期の短歌に「アカハタ売るわれを夏蝶こえゆけり母は故郷の田を打ちてゐむ」があるが、寺山は「アカハタ」を売ったこともなければ、母親が田を打っていた事実もない。すべて虚構である。幼少期に家が貧しかったと書いているが、実際はそんなこともなかったという。まさに「お話づくりの名手」である。

無論、寺山修司は確信犯の〝ウソつき〟である。虚構の物語を作り出すことによって、もうひとつの現実を見ようとしているのだから。それはちょうど、寺山が愛してやまなかった恐山の巫女たちが、死者になりかわってお話を語ってゆくのと似た作業である。そもそも、寺山のホームグラウンドである演劇が虚構の極みである。そこでは役者という現実の人間が、さまざまな虚構の人間に化けてゆく。虚実が入りみだれてゆく。

「化ける」とか「隠れる」ことに執着したのも、寺山の虚構化癖とかかわっている。江戸川乱歩の怪人二十面相の変装に惹かれるのも、変装によっていくつものお話の主人公に化けることが出来るからである。しかも、変幻自在に変装を繰返していけば、ついには、ほ

『青蛾館』カバー
(昭50・6　文芸春秋社)

『書を捨てよ、町へ出よう』
カバー(昭和42・3　芳賀書店)

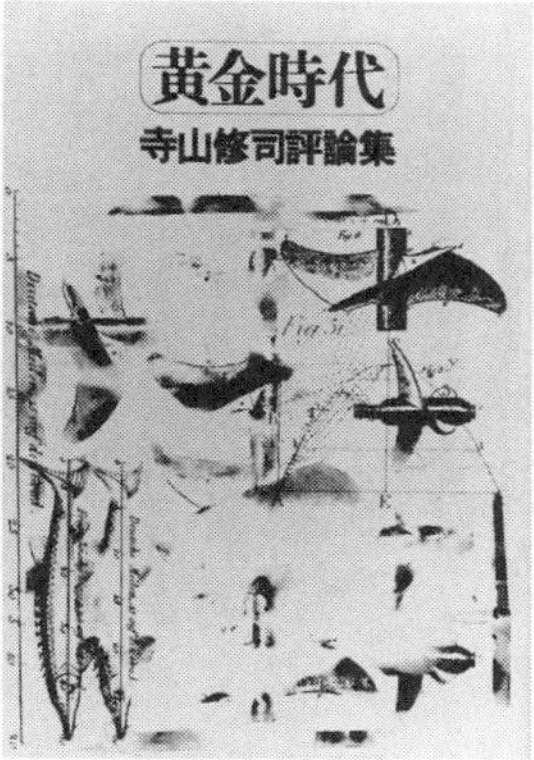

『黄金時代』カバー
(昭53・7　九藝出版)

『鉛筆のドラキュラ』カバー
(昭51・8　思潮社)

んとうの自分がどれなのかわからなくなってしまう。「私」が最後には、消える。おそらく寺山修司にとっては、ほんとうの「私」などあり得なかったのだろう。次から次へと、変装していくうちに、ほんとうの自分なるものが消えてしまう。私の無化こそが、寺山修司の望むところである。

虚構化は、そのための有効な手段である。

現代の人間は、自分が自分であるという存在の根拠を希薄にしている。アイデンティティの危機と呼ばれる。そういう不安定な人間にとって最後の拠りどころになるのは、個人の記憶である。記憶によって、個人の連続性が保たれる。子供の頃に泣いた自分、若い頃に恋愛をした自分――そうした記憶によって現在の自分と、過去の自分がつながり、「ほんとうの自分」という物語を信じることが出来る。

しかし、寺山修司は、このもとになる記憶も壊わしてしまう。虚構を持ちこみ、記憶を改変し、再編集し、まったく違う記憶に作り変えてしまう。寺山の言葉を借りれば「思い出を捏造《ねつぞう》する」である。

『『田園に死す』手稿』のなかで、寺山はそういっている。寺山にとって、過去とは、ありのままそこにあるのではなく、つねに現在によって呼び戻され、手を加えられ、物語に作り変えられてゆくものである。決して、ひとつの確かなものとしてあるわけではない。「あらゆる過去は物語に変わる」。

寺山修司の父親は刑事をしていたが、兵隊にとられ、戦死した。母親と寺山少年が残された。その母親のことをいくつか短歌に詠んでいる。

「そら豆の殻《から》一せいに鳴る夕べ母につながるわれのソネット」

「黒土を蹴って駈けゆくラグビーのひとりのためにシャツを編む母」

戦後の、父を失なった貧しい母と子の暮しがしみじみと歌われているが、寺山によれば「だが実は、こうした歌は、すべて事実ではなかった」という。

過去の記憶を再編集しているのである。

映画『田園に死す』を見たときの驚きは忘れられない。前半は、少年時代の甘く懐しい日々が振返えられてゆく。観客は、ノスタルジーの心地よい雰囲気に酔ってゆく。ところが、途中で、いきなり少年時代の物語は中断されてしまう。そして、寺山を演じる俳優が現われ、いままでの話はすべてウソだと、ひっくり返してしまう。

寺山修司は、記憶・思い出によってかろうじて保たれている「私」をもう信じていない。過去を作り変えることによって、「私」を鍛え直し、「私」の生きる場である現在そのものも、変えていこうとする。

「未来の修正というのは出来ぬが、過去の修正ならば出来る。そして過去の作り変えによってこそ、人は現在の呪縛《じゅばく》から解放されるのである」

記憶についての極めてラジカルな考えである。ノスタルジーの甘美さとは大きくかけ離れている。寺山修司が、フェリーニの映画『8½』と、ロートレアモンの『マルドロールの歌』を「もっとも衝撃をうけた作品」として挙げるのも、共に作者自身の「記憶」を扱い、しかも、その記憶は「必ずしも作者の過去に『実際に起こったこと』ではなかった」からである。

寺山にとっては、過去は、あくまでも現在から呼び出され、手を加えられ、「あるべき過去」と作り変えられるものでなければならない。

手を加える。作り変える。寺山修司は、その〝編集作業〟に惹かれる。「童謡」という文章のなかでは、子供の頃から、言葉の間違いを意識的に行なってきたと書いている。「贋作つくり」である。石川啄木の短歌や北原白秋の詩集を、作り直し、自分のものにしてしまう。

「私はあらかじめ与えられたものではなく、自分の手を加えて完成したものだけが、『自分の文学』なのだと信じ、贋作をつくっては自分のノートにしまっておくようになった」とはいっても、ここにはパロディやパスティーシュのような遊戯精神は感じられない。もっと切実な改変作業である。パロディの作り手は、強靭な自己を持っているからこそ、対象となるものを自在に改変してしまう。しかし、寺山修司には、そういう強い自己はない。少年時代に、父親がいないという負性によって世の中と関わるようになった人間として、弱いもの、はかないもの、暗いものに惹かれてゆく。ボクシングや競馬を語るとき、寺山は、いつも勝者よりも敗者に目がいった。キーストンをあれだけ愛したのも、あの馬が最後は悲劇的な死を遂げたからである。

相手に憎しみを持つことが出来ない心優しいボクサーが、どうして試合に勝つことが出来るだろう、と考える寺山である。揺ぐことのない自己を基本にしたパロディなどに関心が向かう筈はなかった。

寺山はパロディよりも、もっと切実な気持で、過去を、言葉を、思い出を作り変えたかったのだ。その根底には、自分がいまいる場所は、ほんとうの居場所ではないという現実への強烈な違和感があったことは、いうまでもない。だから寺山は、逃げる。変装する。隠れる。行方をくらます。

言葉の世界で、寺山は、まるで〝目くらまし〟のように多様な自己を見せながら、遁走する。現実から、もうひとつの現実へと姿を消そうとする。寺山自身が、逃げ馬キーストンになっている。

寺山修司は、前衛とはいっても、傲岸不遜な構えは見せなかった。攻撃的ではなかった。同じ一九六〇年代にアングラ演劇の雄として並び称された唐十郎の舞台には、現実を睥睨するふてぶてしさがあったが、寺山修司の舞台には、それはなかった。唐十郎が現実と真向うから勝負してやろうとしたのに対し、寺山修司は、現実から消えよう、逃げようとしていた。同じように身体性を重視したが、唐十郎の役者たちは汗の臭いのする強烈な現実感があるのに対し、寺山修司の役者には、汗の臭いはなかった。どこか少年と少女たちのはかない面影を持っていた。古道具屋の隅に埃をかぶって置かれた人形のような非現実感があった。

トマス・ピンチョンの「V」を読んで、子供たちにペットとして飼われ、やがて捨てられ、ニューヨークの地下水道で、陽の目も見ずに育ってゆくワニに思い寄せるところなど、いかにも寺山修司らしい。「捨て子」「隠れ家」「逃亡」といった寺山ならではの主題が、暗闇のなかで生きているワニに体現されている。

寺山修司は、自分を語っているようでいて生まの形では語らない。つねに虚構化して語る。ニューヨークの地下水道に棲みついたワニのようなイメージに託して語る。自分を、ウソやイメージの背後に隠してしまう。寺山ならではの〝変装術〟である。「告白」を極端に嫌う。文章を書くのは、「私の内実を表出する」ためではなく、むしろ「私の内実をかくす」ためだという。だから、現実に結婚したとき、結婚生活では、隠れ場所がなく、〝変装〟も出来ないので、うまくいかなくなった。

「実体」よりも「虚体」のほうを愛したいのである。そもそも「ほんとうの自分」とか「実体」「私の内実」といった確かなものに懐疑的である。

表面にばかり執着するダリに共感するのもそのため。表面をめくって、そのなかを覗いてみても、おそらくそこには何もない。テレビが好きというダリに寺山が驚くと、ダリは

「あんなすばらしい表面はないよ」と答えたというエピソードが面白いのも、寺山が、「ほんとうの自分」という近代の神話を信じていないことが見てとれるからだ。

寺山修司の文章には引用が多い。ガルシア・ロルカ、ボルヘス、ピンチョン。読書家の寺山修司は、随所に引用を行なう。ジョン・ヒューストン監督の「アスファルト・ジャングル」の名場面、という映画からの引用もある。母もの映画の主題歌の引用もある。

普通、引用は、自分の文章の強化に行なうものだが、寺山の場合は少し違う。引用した文章、あるいはイメージが、ひとつの自立した世界を持っている。ひとつの物語になっている。寺山は、いわば、引用によって、「告白」の湿っぽさを避けるだけでなく、引用した言葉やイメージの背後に身を隠してゆく。

引用は、いわば〝隠れ蓑〟である。寺山は、引用から引用へと、まるで〝八艘飛《はっそう》び〟のように伝ってゆき、「私」を消してゆく。引用のコラージュのなかに「私」を消してゆく。ついには、自分自身が断片を寄せ集めたコラージュのように。

「机の物語」によれば、寺山修司は机を持っていないという。「原稿ジプシー」となって、喫茶店から食堂へと渡り歩く。書く原稿の種類によって店を変える。長いまとまった原稿を書くときは、木製のテーブルのある小さな喫茶店、競馬のエッセイを書くときは中華料理屋。映画の感想文を書くときは、フルーツパーラー。といったように。

原稿を書く場所そのもの、机そのものでも寺山は〝八艘飛び〟をしている。ここにも逃げ馬キーストンの姿が重なり合う。喫茶店から中華料理店へ、そこからフルーツパーラーへ。寺山修司は、次から次へと〝変装〟して、移動してゆく。自分の足跡を消すかのように。そして、新しい店に入るたびに、新しい〝衣裳〟をまとう。変身する。いわば、日常的に、街なかで変身し続けている。

ここには、確固たる「私」はない。「私」は、次々に変容する。〝刑事〟が捕えようとすると、するりと逃げてしまう。「私」は多面体である。コラージュである。どれがほんとうの自分なのか。

「にせ絵葉書」にもいかにも寺山らしい「思い出の捏造」への思いがある。アムステルダムの港町の小さな古道具屋で見つけた古い絵葉書から、にせの絵葉書作りへと想像が広がってゆく。そして、実際に、自分でそれを作る。またしても「過去の作りかえ」「記憶の修正」である。「古いペン先をさがし、実在しなかった女あての恋文を書き、住所を書き、昭和はじめの古切手を張った」。そうやって、たとえば、昭和四年七月に、上海にいる寺山修司が、横浜にいる恋人にあてた、にせの絵葉書を作りあげる。

これは、単なる思いつきの遊びではない。「お話づくりの名手」は、現実世界のちょっと気になるモノを見ると、たちまち「過去の作りかえ」に走り出してしまう。これはもう、オブセッションとしかいいようがない。「お話づくり」に取り憑かれてしまっている。

なぜ寺山修司は、こんなにも「お話づくり」に夢中になってしまうのか。「過去の作りかえ」に熱心になるのか。「私」を消したいから、「私」を作り変えたいから。それだけでは、説明しきれないものがある。

もしかしたら、寺山修司は、ほんとうの「記憶」を持っていて、そこに帰って行きたかったのではないだろうか。しかし、まっすぐにそれをしてしまうと、「記憶」が汚れていってしまうために、特別な言葉やイメージで純化していこうとしたのではないか。

そのほんとうの「記憶」のなかに浮かびあがってくるのは、ある風景である。戦争、出征して行った父親、戦死、父の不在、米軍キャンプで働く母親、あるいは、青森の空襲。その風景は確かにあった。しかし、寺山が上京した頃から始まった高度成長の時代と共に戦争も父親も、空襲も母親も、遠くへと消えはじめた。明るい時代の隅へと追いやられていった。そのとき、寺山修司は、思い出を、記憶を、作り直しているといいながら、実は懐しい、遠い日の風景へ戻ろうとしたのではないか。

コラージュとしての私、などしょせんは言葉の遊びでしかない。どこかに、ほんとうの「私」、ほんとうの「記憶」はある筈なのだ。だから、「アカハタ売るわれを夏蝶こえゆけり母は故郷の田を打ちてゐむ」も「黒土を蹴って駈けゆくラグビーのひとりのためにシャツを編む母」も、実は、ほんとうの歌なのだと思う。「お話づくりの名手」は、気づかれないようにして、ほんとうの話をしていたのではあるまいか。

年譜——寺山修司

一九三五年（昭和一〇年）
一二月一〇日（戸籍では翌年の一月一〇日）、青森県弘前市紺屋町にて、警察官の父八郎、母はつの長男として生まれる。
一九三七年（昭和一二年）　一歳
父八郎の転勤にともない五所川原市へ転居する。膀胱結石を患う。
一九三八年（昭和一三年）　二歳
父親の浪岡署への転勤で、家族も浪岡町へ転居する。
一九三九年（昭和一四年）　三歳
父親の転勤で、青森市へ転居。
一九四一年（昭和一六年）　五歳
父親の転勤で、八戸市に転居。幼稚園に入園する。七月、召集された父八郎は青森の第一五連隊に入隊。母子は青森駅で出征を見送るが、これが父親との永訣となる。母子は青森市に転居、間借り生活をはじめる。修司は聖マリア幼稚園に通う。
一九四二年（昭和一七年）　六歳
青森市橋本国民学校に入学。冬に麻疹に罹る。
一九四五年（昭和二〇年）　九歳
七月の青森大空襲で焼け出された母子は、炎の中を逃げまどう。生命に危害はなく、父親の兄にあたる寺山義人が営む古間木（現三沢）駅前の寺山食堂の二階に間借りする。古間木小学校に転校。終戦後、父八郎が九月二日にセレベス島でアメーバ赤痢に罹って戦病死したとの公報を受ける。母はつは三沢市に建設された米軍基地のベースキャンプの図書館に勤めはじめる。

一九四六年（昭和二一年）一〇歳
新町にあった米軍払い下げの小屋を改築、引越す。メイドとして勤務しはじめた母親は留守がちで、修司は自炊生活を余儀なくされる日が多くなる。西条八十、島崎藤村の詩集や江戸川乱歩を読書するかたわら仲間たちを呼び集めて夜遅くまで遊ぶ。友達とノートに詩を書き合ったり、少年探偵団を作ったりする。

一九四七年（昭和二二年）一一歳
古間木中学校に入学。ガリ版刷りの学級新聞「週刊古中」に連載小説「緑の海峡」を書く。編集にも中心的にかかわる。

一九四八年（昭和二三年）一二歳
母親が福岡県遠賀郡芦屋町の米軍キャンプへ出稼ぎにゆくため三沢を去る。修司は青森市松原町で映画館「歌舞伎座」を経営する母方の大叔父坂本勇三、きえ夫妻に預けられる。九月、青森市立野脇中学校に転校。ガリ版刷りの学級新聞に早速連載小説「夕陽」を、また詩、短歌、俳句なども発表する。活字印刷の野脇中学校新聞にも作品が次々と掲載される。

一九五〇年（昭和二五年）一四歳
草野球に熱中し、少年ジャイアンツの会に入会する。級友、京武久美の投稿俳句が「東奥日報」の俳句欄に入選したことに刺激をうけ作句に専心するようになる。

一九五一年（昭和二六年）一五歳
三年生の学級雑誌「はまべ」に大量の俳句を発表、学校新聞にも短歌や綴方大会の特選作「星」が掲載される。四月、青森県立青森高校に入学。新聞部および文学部に参加する。吹田孤蓬主宰の「暖鳥」や高松玉麗主宰の「寂光」に入会、句会にも出席する。「東奥日報」「青森よみうり文芸」「青森毎日俳壇」などに投稿句が掲載される。秋に青森高校の学生サークル「やまびこ俳句会」を設立する。

一九五二年（昭和二七年）一六歳

手製の自選句集「べにがに」を作製。投稿熱は、地元紙のほか受験誌や全国レベルの有名俳人の主宰する俳句誌にも及ぶ。「学燈」（石田波郷選）「氷海」（秋元不死男主宰）「七曜」（橋本多佳子主宰）「断崖」（西東三鬼主宰）などに掲載される。

一九五三年（昭和二八年）一七歳

一〇月、全国学生俳句会議を組織し、高校生俳句大会を主催する。京武久美らと全国の高校生にむけて詩の同人誌「魚類の薔薇」を編集、発行する。「便所より青空見えて啄木忌」が「螢雪時代」（中村草田男選）に二席入選。自選句集として「浪漫飛行」をまとめる。この頃、中村草田男『銀河依然』、ラディゲ『燃える頬』を愛読。大映母物映画を好んで見る。

一九五四年（昭和二九年）一八歳

二月、全国の一〇代の俳句誌「牧羊神」を創刊、編集にあたる。これを通じて中村草田男、西東三鬼、山口誓子らの知遇を得る。「万緑」（中村草田男主宰）に投稿句が掲載される。早稲田大学教育学部国語国文学科に入学。埼玉県川口市に住む母方の叔父、坂本豊治宅に下宿する。五月ごろ北園克衛主宰の詩誌「VOU」に参加。シュペングラーの『西洋の没落』を愛読する。夏休みに奈良へ旅行し、橋本多佳子、山口誓子を訪ねる。短歌同人誌「荒野」に参加。「短歌研究」の特選作となった中城ふみ子「乳房喪失」に刺激され、第二回五十首募集に応募、「チエホフ祭」で特選に選ばれる。しかし俳句からの模倣問題がとり上げられ、歌壇は批難で騒然となる。母はつは立川基地に住込みメイドの職を得る。

一九五五年（昭和三〇年）一九歳

三月、混合性腎臓炎のため立川市の川野病院に入院。五月に退院して新宿区高田南町の石川宅に下宿。この頃、大学の詩人会誌「早稲田詩人」やクラス雑誌「風」にジュリエット・ポエムと自ら名づけた幻想的な散文詩群を発表する。学友山田太一との交流頻繁となる。六月、再びネフローゼを発病し、新宿区の社会保険中央病院に生活保護をうけて入院する。夏美という名の画学生と交際。病状悪化し、一時面会謝絶となる。

一九五六年（昭和三一年）二〇歳

病状好転せず、絶対安静の日が続く。五月、詩劇グループ「ガラスの髭」が早稲田大学緑の詩祭で上演するための処女戯曲「忘れた領分」を書く。病状の小康を得て短歌を作る。

自筆年譜には「スペイン市民戦争文献、ロートレアモン詩書、南北、秋成、カフカなど濫読する」とある。

一九五七年（昭和三二年）二一歳

一月、第一作品集『われに五月を』を、七月にメルヘン集『はだしの恋唄』を刊行する。

一九五八年（昭和三三年）二二歳

六月に第一歌集『空には本』を刊行。病院をぬけ出して新宿の街に出るほどに回復する。七月六日退院。一時青森に帰省するも、再上京して新宿区諏訪町の幸荘に住む。谷川俊太郎のすすめでラジオドラマを書きはじめる。初投稿の「ジオノ・飛ばなかった男」（民放祭入賞）が採用される。賭博とボクシングに熱中する。ネルソン・オルグレンの『朝はもう来ない』に感動する。

一九五九年（昭和三四年）二三歳

「中村一郎」（民放祭会長賞）を発表。堂本正樹、河野典生、嶋岡晨、富岡多恵子らと詩

劇グループ「鳥」を結成。処女シナリオ「十九歳のブルース」を雑誌「シナリオ」に発表。

一九六〇年（昭和三五年）　二四歳

二月、ラジオドラマ「大人狩り」が革命と暴力を煽動するものとして福岡県議会で取りあげられ、公安の取調べをうける。塚本邦雄、岡井隆らと「極」を創刊。七月、戯曲「血は立ったまま眠っている」を「文学界」に発表、劇団四季によって上演される。この頃、「きーよ」「ヨットー」などのジャズ喫茶に入りびたり、ラングストン・ヒューズの詩集を愛読する。土方巽と出会い、〈言語と肉体の結合の試みとして〉「贋ランボー伝」「直立猿人」を発表。実験映画「猫学Catllogy」を監督する。篠田正浩監督「乾いた湖」のシナリオを担当。松竹女優であった九條映子と出会う。テレビドラマ「Q」を書く。小説「人間実験室」を「文学界」に発表。九月に早稲田大学を中退する。

一九六一年（昭和三六年）　二五歳

ファイティング原田と知り合う。ボクシング評論を書きはじめる。新宿区左門町の一戸建てアパートに転居し、母親と同居する。文学座アトリエで戯曲「白夜」を上演。土方巽、黛敏郎らと六人のアヴァンギャルドの会で「猿飼育法」を上演。「現代詩」に長編叙事詩「李庚順」を連載する。

一九六二年（昭和三七年）　二六歳

人形劇場ひとみ座で「狂人教育」上演。七月、第二歌集『血と麦』刊。ラジオドラマ「恐山」、テレビドラマ「鰐」「一匹」を書く。「スチューデント・タイムズ」などに「家出のすすめ」を書きはじめる。

一九六三年（昭和三八年）　二七歳

四月、九條映子と結婚。母親と別居して杉並区和泉町七六五に住む。大学祭などで「家出のすすめ」を講演。「現代詩手帖」に長編叙事詩「地獄篇」を連載。ニッポン放送のドキュメンタリー「ダイナマイク」でパーソナリティを担当する。競馬場通いが多くなる。
一九六四年（昭和三九年）二八歳
塚本邦雄、岡井隆らと青年歌人を組織する。人間座で「吸血鬼の研究」上演。ラジオドラマ「山姥」（イタリア賞グランプリ）「大礼服」（芸術祭奨励賞）などを執筆する。
一九六五年（昭和四〇年）二九歳
ラジオドラマ「犬神の女」で第一回久保田万太郎賞受賞。長編小説「あゝ、荒野」を「現代の眼」に、また「芸術生活」には「魔の年」（単行本化時に『棺桶島を記述する試み』に改題）を連載する。八月に第三歌集『田園に死す』、一一月に詩論『戦後詩』をいずれも書き下ろして刊行。世田谷区下馬に転居する。テレビインタビュー番組「あなたは……」で芸術祭奨励賞受賞。
一九六六年（昭和四一年）三〇歳
ラジオドラマ「コメット・イケヤ」でイタリア賞グランプリ、ラジオドキュメンタリー「おはようインディア」で芸術祭放送記者クラブ賞、テレビドラマ「子守唄由来」で芸術祭奨励賞を受賞する。戯曲「アダムとイヴ、私の犯罪学」を人間座が上演。「アサヒグラフ」に「街に戦場あり」、「芸術生活」に「巨人伝」、「話の特集」に「繪本千一夜物語」を連載する。一一月、『みんなを怒らせろ』刊。
一九六七年（昭和四二年）三一歳
映画「母たち」（ヴェネチア映画祭短編部門グランプリ）のコメントを書くため、監督の松本俊夫とフランス、ガーナ、アメリカなどを回る。横尾忠則、東由多加、九條映子らと演劇実験室「天井棧敷」を設立。旗揚げ公演「青森県のせむし男」を皮切りに「大山デブコの犯罪」「毛皮のマリー」「花札伝綺」を矢つぎ早に上演する。ラジオドラマ「まんだら」により芸術祭賞を受賞。仕事場を渋谷区宇田川町の松風荘の一室に移す。
一九六八年（昭和四三年）　三二歳
天井桟敷公演として「新宿版千一夜物語」「青ひげ」「伯爵令嬢小鷹狩掬子の七つの大罪」「さらば映画よ」「『瞼の母』に於ける愛の研究」「書を捨てよ町へ出よう」「星の王子さま」を上演。アメリカ前衛劇事情を視察のため渡米する。ニューヨークでカフェ・ラ・ママのエレン・スチュワートと出会う。ラジオドラマ「狼少年」にて芸術祭奨励賞受賞。羽仁進監督「初恋・地獄篇」のシナリオを書く。「現代詩手帖」に「暴力としての言語」、「思想の科学」に「幸福論」を連載する。一〇月に『誰か故郷を想はざる』刊。競走馬ユリシーズの馬主となる。
一九六九年（昭和四四年）　三三歳
東大闘争のルポルタージュを「サンデー毎日」に書く。三月、渋谷に天井桟敷館および地下小劇場が落成。「時代はサーカスの象にのって」上演。九條映子と別居、松風荘に転居する。作詞したカルメン・マキの唄「時には母のない子のように」が大ヒットする。四月、『寺山修司の戯曲』全五巻の予定で刊行がはじまる。ドイツ国際演劇祭で「毛皮のマリー」「犬神」を上演。演劇理論誌「地下演劇」を創刊、編集する。ネルソン・オルグレンが来日、競馬、ボクシングなどに案内する。イスラエルに演劇事情を視察旅行。エッセン市立劇場でドイツ俳優による「毛皮のマリー」「時代はサーカスの象にのって」を演出のため、美術の宇野亜喜良と渡独。唐十郎ら状況劇場の座員との乱闘事件で渋谷署に留置される。
一九七〇年（昭和四五年）　三四歳
天井桟敷公演として「ガリガリ博士の犯罪」市街劇「人力飛行機ソロモン」を公演。実験映画「トマトケチャップ皇帝」を製作、監督。「潮」にて三島由紀夫と対談。赤軍派ハイジャック事件で背後関係の取調べをうける。浅川マキの唄「かもめ」などを作詞。ニューヨークのラ・ママにてアメリカ人俳優による「毛皮のマリー」を演出。シカゴにネルソン・オルグレンを訪ね数日を共にする。九條映子と離婚。「あしたのジョー」の力石徹の葬儀を喪主として行なう。「週刊朝日」で「日本の〝ココロのボス〟10人」に選ばれる。独語版『あゝ、荒野』刊。七月『長編叙事詩・地獄篇』刊。

一九七一年（昭和四六年）　三五歳

一月、長編映画「書を捨てよ町へ出よう」（サンレモ国際映画作家展グランプリ）製作、監督。フランスのナンシー国際演劇祭で「邪宗門」「人力飛行機ソロモン」を上演。六月、アムステルダムのミクリ劇場ほかオランダで「邪宗門」を巡演。ソンズビーク美術館のオランダ・フェスティバルで「人力飛行機ソロモン」を上演。ロッテルダム国際詩人祭に出席、詩を朗読する。ニースにてル・クレジオと出会い、一日間語りあかす。バルセロナにサルバドール・ダリを訪ねる。グロトフスキー、ロバート・ウイルスンらと共にナンシー演劇祭委員に選ばれる。九月、ユーゴスラビアのベオグラード国際演劇祭にて「邪宗門」がグランプリを獲得。「週刊新潮」に「人間を考えた人間の歴史」（文庫化時に『さかさま世界史』に改題）を連載する。

一九七二年（昭和四七年）　三六歳

「邪宗門」を渋谷公会堂にて凱旋公演。八月、ミュンヘン・オリンピック芸術祭にて「走れメロス」を公演。「邪宗門」をハンブルク、ホルストブロー（デンマーク）、ベルリンで巡演。一〇月、アムステルダムのミクリ劇場で「阿片戦争」を上演。

一九七三年（昭和四八年）　三七歳

街頭劇「地球空洞説」を杉並区高円寺東公園にて行なう。イランのペルセポリス・シラーズ芸術祭にて「ある家族の血の起源」を上演。ポーランド国際演劇祭にて「盲人書簡」をブロツワフ・ポルスキー劇場で上演する。「新劇」に「呪術としての演劇」、「旅」に「花嫁化鳥」を連載。六月に『映写技師を射て』刊。

一九七四年（昭和四九年）　三八歳

一月、アテネフランセ文化センターにて「寺山修司特集」を開催。詩の朗読、テレビ作品の放映、映画上映、演劇「盲人書簡」を上演。ギャラリ・ワタリで「寺山修司幻想写真館」展。短編実験映画「ローラ」「蝶服記」などを製作。パリにて国際演劇シンポジウムに出席、ピーター・ブルック、アリアーヌ・ムヌイシュキンらと討論。一二月、長編劇映画「田園に死す」（芸術祭奨励新人賞）を公開する。

一九七五年（昭和五〇年）　三九歳

市街劇「ノック」を杉並区阿佐谷一帯で展開する。警察の介入を受ける。カンヌ映画祭に「田園に死す」を出品。「疫病流行記」を東京、オランダ、ベルギー、西ドイツなどの各都市で巡演する。エディンバラ映画祭の「寺山修司特集」のため渡英。実験映画「疱瘡譚」「迷宮譚」（オーバーハウゼン実験映画祭銀賞）「審判」を製作。「問題小説」に「スポーツ版裏町人生」を連載。句集『花粉航海』を一月に刊行。

一九七六年（昭和五一年）　四〇歳

「疫病流行記——改訂版」を東京で公演。「阿呆船」を東京、イランで上演。カリフォルニア大学で実験映画全作品を上映する。「田園に死す」がベルギーのバース、スペインのベナルマデナ各国際映画祭で審査員特別賞を受ける。「ペーパームーン」に童話「赤糸で縫いとじられた物語」を連載。六月に演劇論集『迷路と死海』刊。

一九七七年（昭和五二年）　四一歳

西武劇場にて「中国の不思議な役人」を作・演出。東映映画「ボクサー」を監督する。実験映画「マルドロールの歌」(リール国際短篇映画祭国際批評家大賞)「消しゴム」「二頭女——影の映画」などを製作、実験映画をまとめて「寺山修司全特集」として西武劇場にて一挙公開する。「寺山修司幻想写真展」をアムステルダムなどで巡回。

一九七八年(昭和五三年)　四二歳

「奴婢訓」を東京、オランダ、ベルギー、西ドイツ各都市で巡演。東京で「身毒丸」「観客席」を上演。フランスのオムニバス映画の一編として「草迷宮」を脚本、監督。「新劇」に「畸形のシンボリズム」を連載。東陽一監督の「サード」のシナリオを書く。

一九七九年(昭和五四年)　四三歳

西武劇場で「青ひげ公の城」を作・演出。「レミング——世界の涯てまで連れてって」を上演。七月、イタリアのスポレート芸術祭にて「奴婢訓」を上演。以後フィレンツェ、トリノ、ピサを巡演する。カリフォルニア大学にて映画全作品の上映とその解説をする。肝硬変のため北里大学付属病院に一ヵ月入院。

一九八〇年(昭和五五年)　四四歳

五月、アメリカのスポレート芸術祭にてサウス・キャロライナで「奴婢訓」を上演、その後ニューヨークのラ・ママにても上演する(「ヴィレッジャー」紙の八〇年度最優秀外国演劇賞を受ける)。フランス映画「上海異人娼館」を脚本・監督。八月、単行本企画「路地」の取材中、私道に入り逮捕される。

一九八一年(昭和五六年)　四五歳

肝硬変のため再び北里大学付属病院に一ヵ月入院する。「百年の孤独」公演。一〇月、芸術論集『月蝕機関説』刊。

一九八二年(昭和五七年)　四六歳

映画「さらば箱舟」で沖縄ロケ。利賀国際演劇フェスティバルに「奴婢訓」で参加する。

九月、詩「懐かしのわが家」を「朝日新聞」に発表する。最後の海外公演として「奴婢訓」をパリにて上演する。一二月、「レミング――壁抜け男」上演が最後の演出となる。「報知新聞」に不治の病と発表。谷川俊太郎とのビデオレターの交換をはじめる。映画「さらば箱舟」完成するも、原作著作権の問題で公開が遅れる。七月に演劇論集『臓器交換序説』刊。

一九八三年（昭和五八年）
絶筆「墓場まで何マイル？」を「週刊読売」に発表。四月二二日、港区三田の人力飛行機舎にて意識不明に陥る。杉並区の河北総合病院に緊急入院。五月四日午後零時五分、肝硬変と腹膜炎のため敗血症を併発、同病院にて死去。享年四七歳。五月九日、青山斎場にて葬儀と告別式。墓は八王子市高尾霊園にたてられた。遺作となった映画「さらば箱舟」は九月四日、公開された。

一九九七年（平成九年）
寺山修司記念館が青森県三沢市にオープン。

（白石征編）

著書目録――寺山修司

【単行本】

われに五月を　昭32・1　作品社
はだしの恋唄（散文詩）　昭32・7　的場書房
空には本　昭33・6　的場書房
血と麦　昭37・7　白玉書房
現代の青春論（文庫化時に『家出のすすめ』に改題）　昭38・4　三一書房
ひとりぼっちのあなたに　昭40・5　新書館
血は立ったまま眠っている　昭40・6　思潮社
田園に死す　昭40・8　白玉書房
戦後詩　昭40・11　紀伊国屋書店
みんなを怒らせろ　昭41・1　新書館
遊撃とその誇り　昭41・4　三一書房
競馬場で会おう　昭41・7　華書房
さよならの城　昭41・10　新書館
あゝ、荒野　昭41・11　現代評論社
書を捨てよ、町へ出よう　昭42・2　芳賀書店
はだしの恋唄（詩・エッセイ）　昭42・7　新書館
人生なればこそ　昭42・9　大和書房
時代の射手　昭42・10　芳賀書店
思想への望郷（上・　昭42・11　大光社

下）

さあさあお立ち合い　昭43・1　徳間書店
繪本千一夜物語　昭43・2　天声出版
愛さないの、愛せないの　昭43・5　新書館
街に戦場あり　昭43・6　天声出版
裸の王様・イワンの馬鹿　昭43・7　新書館
人魚姫・王様の耳はロバの耳　昭43・7　新書館
誰か故郷を想はざる　昭43・10　芳賀書店
寺山修司の戯曲1　昭44・4　思潮社
ドキュメンタリー・家出（編著）　昭44・5　ノーベル書房
時には母のない子のように　昭44・7　新書館
ぼくが戦争に行くとき　昭44・8　読売新聞社
アメリカ地獄めぐり　昭44・8　芳賀書店
寺山修司の戯曲2　昭44・12　思潮社
幸福論　昭44・12　筑摩書房
ふしあわせという名の猫　昭45・3　新書館
暴力としての言語　昭45・4　思潮社
ヨーロッパ零年　昭45・6　毎日新聞社
長編叙事詩・地獄篇　昭45・7　思潮社
寺山修司の戯曲3　昭45・7　思潮社
絵本・ほらふき男爵　昭45・10　サンケイ新聞社出版局
ガリガリ博士の犯罪画帖　昭45・11　新書館
寺山修司全歌集　昭46・1　風土社
思いださないで　昭46・4　新書館
地下想像力　昭46・5　講談社
続書を捨てよ町へ出よう　昭46・7　芳賀書店
寺山修司の戯曲4　昭46・8　思潮社
馬敗れて草原あり　昭46・9　新書館
人間を考えた人間の歴史（文庫化時に『さ　昭47・7　講談社

かさま世界史』に改題）
現代詩文庫52　寺山修司詩集　昭47・10　思潮社
寺山修司詩集　昭48・1　角川書店
映写技師を射て（文庫化時に改訂し、『地球をしばらく止めてくれ、ぼくはゆっくり映画を観たい』に改題）　昭48・6　新書館
棺桶島を記述する試み　昭48・6　サンリオ出版
盲人書簡　昭48・6　ブロンズ社
かもめ　昭48・7　サンリオ出版
わが金糸篇　昭48・7　湯川書房
競馬無宿　昭48・10　新書館
私窩子　昭48・12　ガレリア・グラリカ
新釈稲妻草紙　昭49・1　番町書房
死者の書　昭49・2　土曜美術社
青女論　昭49・8　角川書店
花嫁化鳥　昭49・10　日本交通公社
地平線のパロール　昭49・11　人文書院
花粉航海　昭50・1　深夜叢書社
田園に死す（シナリオ）　昭50・1　フィルムアート社
地球空洞説　昭50・3　新書館
幻想写真館・犬神家の人々　昭50・3　読売新聞社
人形たちの夜　昭50・4　新書館
青蛾館　昭50・6　文藝春秋
気球乗り放浪記　昭50・7　読売新聞社
歴史の上のサーカス　昭51・5　文藝春秋
迷路と死海　昭51・6　白水社
鉛筆のドラキュラ　昭51・8　思潮社
帆歌　昭51・9　短歌新聞社
競馬への望郷　昭51・10　新書館
猫の航海日誌　昭52・6　新書館
天井桟敷の人々　昭52・9　土曜美術社

マザー・グース1・2・3（翻訳絵本）　昭52・12、昭53・2、10　新書館
黄金時代　昭53・7　九藝出版
寺山修司の仮面画報　昭53・11　平凡社
寺山修司シナリオ集　昭53・11　映人社
奴婢訓　昭53・12　アディン書房
さかさま文学史黒髪篇　昭53・12　角川書店
ぼくが狼だった頃　昭54・3　文藝春秋
だれが子猫を切り抜いた？（絵本）　昭54・4　CBS・ソニー出版
旅路の果て　昭54・5　新書館
カタツムリの笛（絵本）　昭54・5　サンリオ出版
青少年のための自殺学入門　昭54・10　土曜美術社
赤糸で縫いとじられた物語　昭54・12　新書館
身毒丸　昭55・3　新書館
寺山修司の世界（共著）　昭55・4　新評社
山河ありき　昭55・7　新書館
さすらいの無名馬　昭55・9　双葉社
十九歳のブルース　昭55・9　新書館
不思議図書館　昭56・1　PHP研究所
月蝕機関説　昭56・10　冬樹社
チャイナ・ドール　昭56・11　新書館
青ひげ公の城　昭56・11　新書館
寺山修司戯曲集2　昭56・11　劇書房
スポーツ版　裏町人生　昭57・2　新評社
競馬放浪記　昭57・6　新書館
臓器交換序説　昭57・7　日本ブリタニカ
寺山修司戯曲集1　昭57・8　劇書房
幻想図書館　昭57・11　PHP研究所
寺山修司全歌集（新装版）　昭57・11　沖積舎
両手いっぱいの言葉　昭57・12　文化出版局
そだつ（絵本）　昭58・3　日本ブリタニカ

カ
ニーベルンゲンの指環　ラインの黄金（翻訳絵本）　昭58・4　新書館
寺山修司戯曲集3　昭58・5　劇書房
寺山修司全歌論集　昭58・9　沖積舎
さらば競馬よ　昭58・11　新書館
現代歌人文庫3　寺山修司　昭58・11　国文社
寺山修司演劇論集　昭58・11　国文社
さらば箱舟　昭59・8　新書館
パフォーマンスの魔術師　昭60・5　思潮社
時代のキーワード　昭60・5　思潮社
巨人伝・ほらふき男爵　昭61・5　新書館
寺山修司イメージ図鑑　昭61・5　フィルムアート社
寺山修司全詩歌句　昭61・5　思潮社
寺山修司の戯曲5　昭61・7　思潮社
寺山修司の戯曲6　昭61・8　思潮社
寺山修司の戯曲7　昭62・1　思潮社
寺山修司の戯曲8　昭62・4　思潮社
寺山修司の戯曲9　昭62・6　思潮社
人生万才　平2・7　JICC出版局
ちくま日本文学全集2　寺山修司　平3・2　筑摩書房
現代詩文庫105　続・寺山修司詩集　平4・10　思潮社
畸形のシンボリズム　平5・2　白水社
寺山修司全シナリオI・II　平5・3、4　フィルムアート社
新潮日本文学アルバム56　寺山修司　平5・4　新潮社
ジオノ・飛ばなかった男　平6・3　筑摩書房
寺山修司から高校生へ——時速一〇〇　平6・4　学習研究社

キロの人生相談
寺山修司俳句全集　平11・5　あんず堂
寺山修司の忘れもの　平11・9　角川春樹事務所
墓場まで何マイル？　平12・5　角川春樹事務所
寺山修司記念館1・2　平12・8、10　テラヤマ・ワールド

【対談集】

競馬論　昭44・5　番町書房
白夜討論　昭45・10　講談社
言葉が眠るとき、かの世界が目ざめる　昭47・12　新書館
（文庫化時に改訂し、『四角いジャングル』に改題）
密室から市街へ　昭51・11　フィルムアート社
火と水の対話　昭52・12　新書館
浪漫時代　昭53・4　九藝出版
身体を読む　昭58・10　国文社
闘技場のパロール　昭58・12　思潮社

【文庫】

寺山修司青春歌集（解＝中井英夫）　昭47　角川文庫
家出のすすめ（解＝竹内健）　昭47　角川文庫
幸福論（解＝佐藤忠男）　昭48　角川文庫
誰か故郷を想はざる（解＝平岡正明）　昭48　角川文庫
さかさま世界史怪物伝（解＝森秀人）　昭49　角川文庫
さかさま世界史・英雄伝（解＝小中陽太郎）　昭49　角川文庫
書を捨てよ、町へ出よ　昭50　角川文庫

う（解＝中山千夏）
戯曲・毛皮のマリー　昭51　角川文庫
（解題＝寺山修司）
ポケットに名言を　昭52　角川文庫
馬敗れて草原あり（解＝山野浩一）　昭54　角川文庫
競馬への望郷（解＝山野浩一）　昭54　角川文庫
寺山修司少女詩集　昭56　角川文庫
さかさま恋愛講座・青女論　昭56　角川文庫
さかさま童話史・ぼくが狼だった頃（解＝高橋章子）　昭57　文春文庫
不思議図書館（解＝柳瀬尚紀）　昭59　角川文庫
対談・競馬論（解＝野平祐二）　平5　ちくま文庫
あゝ、荒野（解＝高取英）　平5　河出文庫
戦後詩（解＝荒川洋治）　平5　ちくま文庫
死者の書（解＝大槻ケンヂ）　平6　河出文庫
両手いっぱいの言葉　平9　新潮文庫
啄木を読む（解＝小林恭二）　平12　ハルキ文庫
勇者の故郷（解＝齋藤愼爾）　平12　ハルキ文庫
悲しき口笛（解＝萩原朔美）　平12　ハルキ文庫
ぼくは話しかける（解＝鶴見俊輔）　平12　ハルキ文庫
愛さないの、愛せないの（解＝佐伯一麦）　平12　ハルキ文庫
競馬放浪記（解＝山口瞳）　平12　ハルキ文庫
赤糸で縫いとじられた物語（解＝角田光代）　平12　ハルキ文庫
われに五月を（解＝白石かずこ）　平12　ハルキ文庫
田園に死す（解＝吉本隆明）　平12　ハルキ文庫

花粉航海（対談＝岡井隆、平12 ハルキ文庫　角川春樹）

絵本詩集をはじめ内容の重複している著作物、および共著や編著は、原則的にはこれらをリストから割愛した。／【文庫】は原則として本書初刷刊行日現在の各社最新版「解説目録」に記載されているものに限った。（　）内の略号は、解＝解説を示す。また没後発行されたものは、未刊行だった作品に限って重点的に選んでいる。

（作成・白石征）

本書は、『誰か故郷を想はざる』（一九六八年一〇月　芳賀書店）『馬敗れて草原あり』（一九七一年九月　新書館）『青蛾館』（一九七五年六月　文藝春秋）『鉛筆のドラキュラ』（一九七六年八月　思潮社）『競馬への望郷』（一九七六年一〇月　新書館）「東和の半世紀」（一九七八年四月　東和）『黄金時代』（一九七八年七月　九藝出版）『ヴィスコンティ・フィルムアルバム』（一九八一年三月　新書館）『月蝕機関説』（一九八一年一〇月　冬樹社）『臓器交換序説』（一九八二年七月　日本ブリタニカ）「國文學」（一九八二年八月　學燈社）「遊びのすすめ」（一九八三年二月〜五月　大阪新聞連載）『悲しき口笛』（一九九三年四月　立風書房）を底本として多少ふりがなを加えました。また題名を二、三変更しました。本文中明らかな誤植と思われる個所は正しましたが、原則として底本に従いました。また、底本にある表現で、今日からみれば不適切と思われる表現がありますが、作品が書かれた時代背景および著者（故人）が差別助長の意図で使用していないことなどを考慮し、発表時のままといたしました。よろしくご理解の程お願い致します。

私《わたくし》という謎《なぞ》

寺山修司《てらやましゅうじ》エッセイ選《せん》

寺山修司《てらやましゅうじ》

二〇〇二年二月一〇日第一刷発行
二〇一二年七月二六日第一〇刷発行

発行者——鈴木章一
発行所——株式会社 講談社
東京都文京区音羽2・12・21 〒112-8001
電話 編集（03）5395・3513
販売（03）5395・5817
業務（03）5395・3615

デザイン——菊地信義
製版——豊国印刷株式会社
印刷——豊国印刷株式会社
製本——株式会社国宝社

定価はカバーに表示してあります。

講談社文芸文庫

ISBN4-06-198287-7

講談社文芸文庫

青木淳選	建築文学傑作選	青木 淳――解
青柳瑞穂	ささやかな日本発掘	高山鉄男――人／青柳いづみこ－年
青山光二	青春の賭け 小説織田作之助	高橋英夫――解／久米 勲――年
青山二郎	眼の哲学｜利休伝ノート	森 孝一――人／森 孝一――年
阿川弘之	舷燈	岡田 睦――解／進藤純孝――案
阿川弘之	鮎の宿	岡田 睦――年
阿川弘之	桃の宿	半藤一利――解／岡田 睦――年
阿川弘之	論語知らずの論語読み	高島俊男――解／岡田 睦――年
阿川弘之	森の宿	岡田 睦――年
阿川弘之	亡き母や	小山鉄郎――解／岡田 睦――年
秋山駿	内部の人間の犯罪 秋山駿評論集	井口時男――解／著者――年
秋山駿	小林秀雄と中原中也	井口時男――解／著者他――年
芥川龍之介	上海游記｜江南游記	伊藤桂一――解／藤本寿彦――年
芥川龍之介 谷崎潤一郎	文芸的な、余りに文芸的な｜饒舌録ほか 芥川vs.谷崎論争 千葉俊二編	千葉俊二――解
安部公房	砂漠の思想	沼野充義――人／谷 真介――年
安部公房	終りし道の標べに	リービ英雄－解／谷 真介――案
阿部知二	冬の宿	黒井千次――解／森本 穫――年
安部ヨリミ	スフィンクスは笑う	三浦雅士――解
有吉佐和子	地唄｜三婆 有吉佐和子作品集	宮内淳子――解／宮内淳子――年
有吉佐和子	有田川	半田美永――解／宮内淳子――年
安藤礼二	光の曼陀羅 日本文学論	大江健三郎賞選評－解／著者――年
李良枝	由熙｜ナビ・タリョン	渡部直己――解／編集部――年
生島遼一	春夏秋冬	山田 稔――解／柿谷浩一――年
石川淳	黄金伝説｜雪のイヴ	立石 伯――解／日高昭二――案
石川淳	普賢｜佳人	立石 伯――解／石和 鷹――案
石川淳	焼跡のイエス｜善財	立石 伯――解／立石 伯――年
石川淳	文林通言	池内 紀――解／立石 伯――年
石川淳	鷹	菅野昭正――解／立石 伯――解
石川啄木	雲は天才である	関川夏央――解／佐藤清文――年
石坂洋次郎	乳母車｜最後の女 石坂洋次郎傑作短編選	三浦雅士――解／森 英一――年
石原吉郎	石原吉郎詩文集	佐々木幹郎－解／小柳玲子――年
石牟礼道子	妣たちの国 石牟礼道子詩歌文集	伊藤比呂美－解／渡辺京二――年
石牟礼道子	西南役伝説	赤坂憲雄――解／渡辺京二――年

▶解=解説 案=作家案内 人=人と作品 年=年譜を示す。 2021年7月現在

講談社文芸文庫

講談社文芸文庫

江藤 淳 蓮實重彦	オールド・ファッション 普通の会話	高橋源一郎-解
遠藤周作	青い小さな葡萄	上総英郎—解／古屋健三—案
遠藤周作	白い人|黄色い人	若林 真—解／広石廉二—年
遠藤周作	遠藤周作短篇名作選	加藤宗哉—解／加藤宗哉—年
遠藤周作	『深い河』創作日記	加藤宗哉—解／加藤宗哉—年
遠藤周作	[ワイド版]哀歌	上総英郎—解／高山鉄男—案
大江健三郎	万延元年のフットボール	加藤典洋—解／古林 尚—案
大江健三郎	叫び声	新井敏記—解／井口時男—案
大江健三郎	みずから我が涙をぬぐいたまう日	渡辺広士—解／高田知波—案
大江健三郎	懐かしい年への手紙	小森陽一—解／黒古一夫—案
大江健三郎	静かな生活	伊丹十三—解／栗坪良樹—案
大江健三郎	僕が本当に若かった頃	井口時男—解／中島国彦—案
大江健三郎	新しい人よ眼ざめよ	リービ英雄-解／編集部—年
大岡昇平	中原中也	粟津則雄—解／佐々木幹郎-案
大岡昇平	幼年	高橋英夫—解／渡辺正彦—案
大岡昇平	花影	小谷野 敦—解／吉田凞生—年
大岡昇平	常識的文学論	樋口 覚—解／吉田凞生—年
大岡 信	私の万葉集一	東 直子—解
大岡 信	私の万葉集二	丸谷才一—解
大岡 信	私の万葉集三	嵐山光三郎-解
大岡 信	私の万葉集四	正岡子規—附
大岡 信	私の万葉集五	高橋順子—解
大岡 信	現代詩試論|詩人の設計図	三浦雅士—解
大澤真幸	〈自由〉の条件	
大西巨人	地獄変相奏鳴曲 第一楽章・第二楽章・第三楽章	
大西巨人	地獄変相奏鳴曲 第四楽章	阿部和重—解／齋藤秀昭—年
大庭みな子	寂兮寥兮	水田宗子—解／著者—年
岡田 睦	明日なき身	富岡幸一郎-解／編集部—年
岡本かの子	食魔 岡本かの子食文学傑作選 大久保喬樹編	大久保喬樹-解／小松邦宏—年
岡本太郎	原色の呪文 現代の芸術精神	安藤礼二—解／岡本太郎記念館-年
小川国夫	アポロンの島	森川達也—解／山本恵一郎-年
小川国夫	試みの岸	長谷川郁夫-解／山本恵一郎-年
奥泉 光	石の来歴|浪漫的な行軍の記録	前田 塁—解／著者—年

講談社文芸文庫

奥泉 光 ——その言葉を|暴力の舟|三つ目の鯰　佐々木 敦—解／著者——年
奥泉 光
群像編集部 編-戦後文学を読む
尾崎一雄 —美しい墓地からの眺め　宮内 豊——解／紅野敏郎—年
大佛次郎 —旅の誘い 大佛次郎随筆集　福島行一—解／福島行一—年
織田作之助-夫婦善哉　種村季弘—解／矢島道弘—年
織田作之助-世相|競馬　稲垣眞美—解／矢島道弘—年
小田 実 ——オモニ太平記　金 石範—解／編集部——年
小沼 丹 ——懐中時計　秋山 駿——解／中村 明——案
小沼 丹 ——小さな手袋　中村 明——人／中村 明——年
小沼 丹 ——村のエトランジェ　長谷川郁夫-解／中村 明——年
小沼 丹 ——銀色の鈴　清水良典—解／中村 明——年
小沼 丹 ——珈琲挽き　清水良典—解／中村 明——年
小沼 丹 ——木菟燈籠　堀江敏幸—解／中村 明——年
小沼 丹 ——藁屋根　佐々木 敦—解／中村 明——年
折口信夫 —折口信夫文芸論集 安藤礼二編　安藤礼二—解／著者——年
折口信夫 —折口信夫天皇論集 安藤礼二編　安藤礼二—解
折口信夫 —折口信夫芸能論集 安藤礼二編　安藤礼二—解
折口信夫 —折口信夫対話集 安藤礼二編　安藤礼二—解／著者——年
加賀乙彦 —帰らざる夏　リービ英雄-解／金子昌夫—案
葛西善蔵 —哀しき父|椎の若葉　水上 勉——解／鎌田 慧——案
葛西善蔵 —贋物|父の葬式　鎌田 慧——解
加藤典洋 —日本風景論　瀬尾育生—解／著者——年
加藤典洋 —アメリカの影　田中和生—解／著者——年
加藤典洋 —戦後的思考　東 浩紀——解／著者——年
加藤典洋 —完本 太宰と井伏 ふたつの戦後　與那覇 潤—解／著者——年
加藤典洋 —テクストから遠く離れて　高橋源一郎-解／著者・編集部-年
加藤典洋 —村上春樹の世界　マイケル・エメリック—解
金井美恵子-愛の生活|森のメリュジーヌ　芳川泰久—解／武藤康史—年
金井美恵子-ピクニック、その他の短篇　堀江敏幸—解／武藤康史—年
金井美恵子-砂の粒|孤独な場所で 金井美恵子自選短篇集　磯﨑憲一郎-解／前田晃——年
金井美恵子-恋人たち|降誕祭の夜 金井美恵子自選短篇集　中原昌也—解／前田晃——年
金井美恵子-エオンタ|自然の子供 金井美恵子自選短篇集　野田康文—解／前田晃——年
金子光晴 —絶望の精神史　伊藤信吉—人／中島可一郎-年

講談社文芸文庫

金子光晴 ― 詩集「三人」　原 満三寿―解／編集部―年
鏑木清方 ― 紫陽花舎随筆 山田肇選　鏑木清方記念美術館―年
嘉村礒多 ― 業苦｜崖の下　秋山 駿―解／太田静一―年
柄谷行人 ― 意味という病　絓 秀実―解／曾根博義―案
柄谷行人 ― 畏怖する人間　井口時男―解／三浦雅士―案
柄谷行人編 ― 近代日本の批評 Ⅰ 昭和篇上
柄谷行人編 ― 近代日本の批評 Ⅱ 昭和篇下
柄谷行人編 ― 近代日本の批評 Ⅲ 明治・大正篇
柄谷行人 ― 坂口安吾と中上健次　井口時男―解／関井光男―年
柄谷行人 ― 日本近代文学の起源 原本　関井光男―年
柄谷行人・中上健次 ― 柄谷行人中上健次全対話　高澤秀次―解
柄谷行人 ― 反文学論　池田雄一―解／関井光男―年
柄谷行人・蓮實重彥 ― 柄谷行人蓮實重彥全対話
柄谷行人 ― 柄谷行人インタヴューズ1977-2001
柄谷行人 ― 柄谷行人インタヴューズ2002-2013　丸川哲史―解／関井光男―年
柄谷行人 ― [ワイド版]意味という病　絓 秀実―解／曾根博義―案
柄谷行人 ― 内省と遡行
柄谷行人・浅田彰 ― 柄谷行人浅田彰全対話
柄谷行人 ― 柄谷行人対話篇Ⅰ 1970-83
河井寬次郎 ― 火の誓い　河井須也子―人／鷺 珠江―年
河井寬次郎 ― 蝶が飛ぶ 葉っぱが飛ぶ　河井須也子―解／鷺 珠江―年
川喜田半泥子 ― 随筆 泥仏堂日録　森 孝一―解／森 孝一―年
川崎長太郎 ― 抹香町｜路傍　秋山 駿―解／保昌正夫―年
川崎長太郎 ― 鳳仙花　川村二郎―解／保昌正夫―年
川崎長太郎 ― 老残｜死に近く 川崎長太郎老境小説集　いしいしんじ―解／齋藤秀昭―年
川崎長太郎 ― 泡｜裸木 川崎長太郎花街小説集　齋藤秀昭―解／齋藤秀昭―年
川崎長太郎 ― ひかげの宿｜山桜 川崎長太郎「抹香町」小説集　齋藤秀昭―解／齋藤秀昭―年
川端康成 ― 一草一花　勝又 浩―人／川端香男里―年
川端康成 ― 水晶幻想｜禽獣　高橋英夫―解／羽鳥徹哉―案
川端康成 ― 反橋｜しぐれ｜たまゆら　竹西寛子―解／原 善―案
川端康成 ― たんぽぽ　秋山 駿―解／近藤裕子―案